*Conformément aux statuts de la Société des Textes français modernes, ce volume a été soumis à l'approbation du Comité de lecture, qui a chargé MM. André Blanc et Roger Guichemerre d'en surveiller la correction en collaboration avec M. Georges Forestier.*

BROSSE

# LES SONGES
# DES HOMMES ESVEILLEZ

*Il a été tiré de cet ouvrage*
*30 exemplaires sur Vergé de Hollande*
*des Papeteries « Van Gelder Zonen »*
*numérotés de 1 à 30,*
*qui constituent l'édition de luxe.*

SOCIÉTÉ DES TEXTES FRANÇAIS MODERNES

BROSSE

# LES SONGES DES HOMMES ESVEILLEZ

## COMÉDIE
### (1646)

ÉDITION CRITIQUE
AVEC INTRODUCTION ET NOTES

PAR

**GEORGES FORESTIER**

Diffusion :

**PARIS**
LIBRAIRIE NIZET
3 bis, place de la Sorbonne

—

1984

## DU MÊME AUTEUR

*Le Théâtre dans le théâtre sur la scène française du XVIIᵉ siècle*,
Genève, Droz, 1981.

ISBN 2-86503-178-0
© *Société des Textes Français Modernes*, 1984

*à D. D.*

# AVANT-PROPOS

────────

Cette édition procède de la rencontre de mes recherches sur le théâtre dans le théâtre et le déguisement au XVIIe siècle et du désir de faire connaître au public une œuvre particulièrement méconnue et pourtant particulièrement représentative de la comédie du premier dix-septième siècle français. Je me dois d'exprimer, au seuil de cette édition, ma fidèle et respectueuse gratitude à mon maître, M. Claude Faisant, Professeur à l'Université de Nice, qui, non content de diriger mes deux thèses avec une application et une disponibilité infatigables, a encouragé ce projet, puis a bien voulu relire mon manuscrit. Je dois beaucoup aussi aux encouragements de Mme Yvonne Bellenger, qui a soumis mon projet aux membres du Bureau de la S.T.F.M. et qui m'a donné de précieux conseils ; que les trois autres membres du Bureau de la Société, M. Robert Garapon, Président, M. Roger Zuber Vice-Président, et M. Roger Guichemerre, Trésorier, qui ont bien voulu accueillir cette édition dans cette prestigieuse collection, trouvent ici l'expression de toute ma gratitude. Qu'il me soit permis enfin de remercier les Professeurs Georges Couton et André Blanc, qui, à divers moments de cette entreprise, m'ont donné de judicieux conseils et suggéré d'utiles corrections.

# INTRODUCTION

Dans les environs de Bordeaux, un châtelain et sa sœur s'efforcent d'arracher leur hôte à la mélancolie qui l'accable depuis la disparition de sa fiancée dans un naufrage : ils lui offrent trois spectacles de mystifications qu'ils jouent tantôt à leurs autres invités, tantôt à un paysan ivre ; puis, pour couronner le tout, ils organisent une véritable représentation théâtrale dans l'intention avouée de guérir définitivement leur ami. Mais si le héros est guéri, il le doit moins à l'efficace d'un psychodrame véritable (c'est sa vie qu'on rejoue devant lui), qu'à l'apparition d'une comédienne professionnelle qui joue le rôle de sa fiancée et qui lui ressemble si fort qu'il en perdrait la raison si elle ne finissait par se tourner vers lui pour le rassurer sur la réalité de son existence : ainsi la renaissance de la vie a été assurée par une pièce de théâtre.

Quatre spectacles enchâssés qui se succèdent au rythme d'un par acte à partir de l'acte II, quatre jeux qui mettent en scène, d'éclatante manière, l'ambiguïté des rapports entre les apparences et la réalité, un châtelain-démiurge qui, dans son château-théâtre, plonge ses comédiens improvisés dans la confusion avant de faire subir le même sort à son hôte-spectateur : l' « invention », comme l'auteur s'en targue dans son *Épître* liminaire, est peu commune.

Pourtant, il n'y a rien de vraiment neuf dans cette comédie : en cette saison théâtrale 1645-1646, le procédé du théâtre dans le théâtre est déjà largement répandu sur les scènes françaises, et l'on retrouve, par ailleurs, nombre d'ingrédients de la comédie préclassique : la feinte et le déguisement, les jeux sur le dédoublement, les amours romanesques et les réapparitions miraculeuses. Mais, au lieu d'être développés de manière linéaire, ces éléments sont soumis à un étonnant traitement de superposition qui les réactive, tout en étant désignés à la vigilance critique du public grâce à la technique du théâtre dans le théâtre. Déguisements et mensonges, au lieu d'être les ressorts d'une intrigue compliquée comme c'était le cas dans la comédie à l'espagnole, qui fleurissait à la même époque, sont explicitement présentés au spectateur privilégié comme des éléments de jeu, et, à ce titre, constituent de simples marques de ponctuation dans une action particulièrement épurée.

Inversement, le principal mérite des *Songes des hommes esveillez* n'est pas d'avoir mis en scène la vie d'un château au XVIIᵉ siècle avec « ses amusements variés, son hospitalité, sa sympathie pour un visiteur bien né et sa cruauté envers un malchanceux paysan » [1] : nous sommes sans doute aussi loin de la comédie de mœurs que de la comédie d'intrigue. Car si quelque réalisme n'est, effectivement, pas absent de cette pièce, c'est par l'étonnante organisation de ses composantes structurelles et thématiques et par la richesse de ses significations qu'elle vaut à nos yeux de passer pour l'une des plus remarquables réussites de la comédie préclassique.

# I — *LES SONGES DES HOMMES ESVEILLEZ* ET LEUR AUTEUR

La seule énigme que soulève la comédie des *Songes des hommes esveillez* est celle de son auteur. On ignore tout, en effet, de ce dramaturge qui fit paraître sur les théâtres parisiens cinq pièces entre 1642 et 1648 avant de retourner

---

1. H. C. Lancaster, *A History of French Dramatic Literature in the XVIIth Century*, part. II, p. 477.

à l'anonymat. S'agit-il de ce N... Brosse, fils d'un chape-
lier d'Auxerre, que l'historien de la ville [2] crédite d'une
seule tragédie, mais aussi d'un « livre de pièces adressées
au Saint-Esprit » et d'une « version paraphrasée du petit
Office de l'Ange-Gardien » publiée à Auxerre en 1645 ?
Mais puisque ce Brosse, selon la même source, a été tué en
1651, s'agit-il de notre auteur à qui les bibliographes [3]
attribuent une plaquette de vers de circonstance intitulée
*Les Anagrames Royales*, publiée en 1660 à Paris chez Pépin-
gué ?

Les choses seraient moins confuses, si les bibliographes
avaient remarqué que la dédicace de cette plaquette est
signée « Brosse, R. B. », c'est-à-dire Révérent Bénédictin.
Ils l'auraient alors attribuée à Louis Gabriel Brosse, auteur
de quatre œuvres religieuses, toutes postérieures à 1651.
D'ailleurs, on retrouve ces *Anagrames Royales* rééditées avec
quelques modifications en 1669 : *La Vie de la très illustre,
vierge et martyre Ste Marguerite, nouvellement mise en vers français. Avec les riches Anagrames tirées du nom de la Reyne, sans
changement d'aucune lettre. Suivies des Sonnets, et d'une Ode
Royale sur ces Anagrames par D. G. Brosse R. Benedictin de la
Congregation S. Maur.* A l'inverse, il n'est pas impossible
que l'historien ait crédité notre dramaturge d'œuvres religieuses que Dom Gabriel Brosse, bénédictin depuis 1637,
aurait pu publier du vivant de son homonyme.

« N... Brosse » — si tant est que l'initiale de son prénom
soit N., puisqu'il signe simplement Brosse, quand ce n'est
pas La Brosse [4] — est donc sans doute exclusivement l'auteur
de pièces de théâtre. Reste à préciser lesquelles, car, là
encore, les choses n'ont pas été sans confusion. Jusqu'à
Lancaster, qui a rétabli la vérité, tous les historiens du théâtre,
Mouhy, La Vallière, de Leris, Maupoint, nous parlent de

---

2. Abbé Lebeuf, *Mémoires concernant l'histoire d'Auxerre*, Paris,
1743, p. 520.
3. Les auteurs du catalogue des Imprimés de la Bibliothèque
Nationale et A. Cioranescu (*Bibl. de la litt. fr. du XVII⁰ s.*).
4. Dans la Dédicace et le Privilège de son *Turne de Virgile*
(Paris, de Sercy, 1647).

deux frères Brosse (ou de Brosse), à qui ils attribuent six
pièces, chacun en ayant rédigé trois. En fait, il suffisait
de lire les textes de près, comme l'a fait Lancaster, pour
découvrir dans la préface du *Curieux impertinent ou Le
Jaloux* [5], rédigée par notre auteur lui-même, qu'il avait
un jeune frère qui, avant de mourir prématurément, avait,
à l'âge de treize ans, transposé au théâtre la fameuse nouvelle
de Cervantès. Des six pièces de théâtre publiées sous le
nom de Brosse, cinq sont donc à attribuer à celui que les
historiens du théâtre appellent quelquefois Brosse l'aîné.

Comment expliquer qu'un voile aussi épais entoure
l'auteur de cinq pièces de théâtre qui ne sont pas passées
inaperçues en leur temps ? Peut-être par le fait qu'il est
resté longtemps fidèle à sa ville natale, sans chercher à s'imposer dans la société parisienne. C'est, en tout cas, ce que
l'on peut déduire de l'Épître de sa première œuvre, *La
Stratonice ou Le Malade d'amour*, dédiée à « Monsieur de Bastonneau, Seigneur de Vincelottes, Sauvegenouil et Pomar,
Escuyer ordinaire de la grande Escurie du Roy, etc. » Il
y paraît fermement espérer que les « aucerrois » feront un
accueil favorable à sa pièce, auquel devrait contribuer la
protection de Bastonneau :

« Le malade d'Amour peut se plaindre hautement dans Aucerre
sans crainte d'esveiller l'envie, vos merites qui sont pour le moins
aussi grands que sa passion vous ont acquis tant de credit dans
cette ville, que je ne puis croire sans heresie qu'ils s'y trouve personne qui ose attaquer du penser seulement ce que vous protegez ;
l'affection que chacun vous y porte m'asseure que l'on aura pitié
d'Antiochus... »

Parmi ses contemporains, un seul a fait allusion à Brosse,
sans nous éclairer pour autant. Il s'agit de l'abbé d'Aubignac
qui, traitant dans sa *Pratique du Théâtre* de la question importante du choix du *Sujet* (Livre II, chapitre premier) écrit :

« Davantage, il ne faut pas s'imaginer que toutes les belles Histoires
puissent heureusement paraître sur la Scène, parce que souven<sub>t</sub>

---

5. Paris, de Sercy, 1645.

toute leur beauté dépend de quelque circonstance, que le Théâtre
ne peut souffrir. Et ce fut l'avis que je donnai à celui qui vouloit
travailler sur les Amours de Stratonice et d'Antiochus : car le
seul incident considérable... »

D'Aubignac a-t-il réellement déconseillé à Brosse de choisir
un tel sujet, ou s'en targue-t-il après coup sachant que
personne ne pourra plus venir le contredire ? On aura remarqué qu'il affecte de se souvenir de l'épisode, mais non point
de la suite du projet de Brosse...

*

*Les Songes des hommes esveillez*, publiés en 1646, ont sans
doute été créés l'année précédente, puisque dans l'Épître
de *La Stratonice* (1644) il projette encore d'appeler sa comédie
« les Songes des Veillans » ; au plus tôt, à la fin de l'année
1644. Une allusion à la chute de Gravelines (juillet 1644)
nous le confirme. Ces dates placent *Les Songes* au milieu de
la courte carrière dramatique de Brosse : après une tragi-
comédie *La Stratonice ou Le Malade d'Amour* [6] et une comédie,
*Les Innocens coupables* [7] et avant une tragédie, *Le Turne de
Virgile* [8] et une autre comédie, *L'Aveugle clair-voyant* [9]. Trois
comédies face à deux œuvres plus ambitieuses : comme beaucoup d'autres, Brosse s'est essayé à tous les genres, cherchant
sans doute à démontrer les diverses facettes de son talent.
Or, il y a réussi moins bien que certains : sa tragi-comédie
dont il est allé chercher le sujet dans le *Démétrius* de Plu-
tarque, pas plus que sa tragédie, adaptée des livres VII et
XII de l'*Énéide*, ne mérite de retenir l'attention.

En fait, Brosse est l'homme de trois comédies dont les
traits communs et les caractères distinctifs, tout à la fois,
révèlent son ambition de dramaturge et sa réussite. Les

---

6. Paris, Sommaville et Courbé, 1644 et 1645 ; représentée en
1642.
7. Paris, Sommaville, Courbé, Quinet et de Sercy, 1645 ; représentée en 1643.
8. Paris, de Sercy, 1647 ; représentée en 1645.
9. Paris, Quinet, 1650 ; représentée en 1648 ou en 1649.

traits communs de ses trois comédies résultent de la mise
en œuvre d'une dialectique fondamentale dans le théâtre
de la première moitié du XVII<sup>e</sup> siècle : la *dialectique du réel
et de l'illusion* ou, si l'on préfère, des apparences et de la
réalité. Au reste, les titres de ces trois pièces, par leur
recherche de l'oxymore, sont très largement révélateurs de la
communauté d'inspiration qui a présidé à leur composition.

Sur ce plan, Brosse ne paraît guère se distinguer de ses
rivaux : les frères Le Metel, notamment, et particulièrement
d'Ouville, se sont fait une spécialité de ce type de pièces,
se complaisant eux aussi dans des titres paradoxaux et
quelquefois même oxymoriques [10]. Mais, une étude comparée des œuvres des uns et des autres révèle que Brosse
s'est efforcé d'élaborer une « dramaturgie de l'oxymore »,
que nous jugeons tout à fait originale [11], en cherchant
manifestement à se dégager des influences étrangères, tandis
qu'un d'Ouville s'est cantonné dans l'adaptation de comédies
espagnoles ou italiennes [12]. Si *Les Innocens coupables* sont
la transposition réussie (et modifiée en fonction de ses
propres préoccupations) d'une œuvre de Calderon [13],
*Les Songes* sont d'une « invention » tout à fait originale, et
*L'Aveugle clair-voyant* ne révèle aucune influence extérieure.

Dès lors, *Les Songes des hommes esveillez* — et nous insistons
sur ce point — ne constituent pas un accident dans la carrière de Brosse. L'œuvre représente, certes, le point fort de la
trilogie comique du dramaturge, mais elle le doit moins
à l'originalité d'une inspiration qui est à la source de ses
deux autres comédies, qu'à l'harmonieuse réunion d'une

---

10. Citons, de d'Ouville, *Les Fausses vérités* (1643), *L'Absent
chez soi* (1643), *La Dame suivante* (1646), *Les Morts vivants* (1646).
11. Nous renvoyons à notre étude « Dramaturgie de l'oxymore »
parue dans les *Cahiers de littérature du XVII<sup>e</sup> siècle*, n° 5, 1983,
p. 5-32.
12. Ce en quoi, d'ailleurs, il a excellé : contrairement à un préjugé
tenace reposant sur une vision anachronique de l'histoire littéraire
(qui était celle d'un F. Martinenche, par exemple), d'Ouville, loin
d'être une sorte de plagiaire, a remarquablement acclimaté la
comédie espagnole à l'esprit qui régnait à cette époque dans le
théâtre français.
13. *Peor está que estaba.*

parfaite simplicité d'intrigue et d'une étonnante audace
structurelle.

*
* *

Les contemporains ne s'y sont pas trompés : dans son
Épître dédicatoire, Brosse nous apprend que sa comédie a
non seulement « eu le bonheur de paraistre assez glorieusement devant leurs Majestez », mais aussi qu'elle a été représentée à sept reprises dans les mois suivants sur la scène de
l'Hôtel de Bourgogne. Nul doute qu'après l'impression
(1646) elle a encore été représentée (elle figure au répertoire
de l'Hôtel pour la saison théâtrale 1646-1647) [14].

Ensuite, elle a, comme tant d'autres, sombré dans l'oubli.
Elle aurait pu, par certains côtés [15], séduire les contemporains de Louis XIV, mais l'utilisation de la technique de la
tapisserie [16], la complexité structurelle et la vision du monde
qu'elle reflète la rendaient esthétiquement dépassée. Remarquons que L'Aveugle clair-voyant a eu plus de chance puisque,
après avoir été traduit à deux reprises en allemand (1663
et 1669), il a été adapté en un acte par Marc-Antoine Legrand
en 1716 [17]. Cette réduction indique clairement que les
qualités auxquelles cette comédie a dû sa survie étaient
précisément celles qui étaient absentes des Songes : extrême
simplicité structurelle, génératrice d'un comique en quelque
sorte autonome, ne nécessitant pas la lourde mise en scène
qui est le fondement de la plupart des supercheries des
Songes.

La fortune littéraire de Brosse n'a pas seulement souffert
de la disparition de l'esthétique sur laquelle s'appuyait

---

14. Comme l'indique le *Mémoire* de Mahelot (éd. H. C. Lancaster,
p. 55).

15. La structure du théâtre dans le théâtre, tout d'abord ; le
thème de la comédie au château ensuite : *L'Inconnu* de Thomas
Corneille retrouvera en 1675 ces deux aspects.

16. C'est-à-dire du décor à compartiments juxtaposés : sur cette
question, voir *infra.*, p. 39.

17. Adaptation qui a dû rester longtemps au répertoire puisqu'elle
a été jouée à La Haye le 10 février 1774.

sa dramaturgie ; elle a été victime ensuite de la critique de
« bon goût » qui a prévalu durant deux siècles en histoire
littéraire. Exécuté en une méchante phrase par Martinenche
pour son adaptation de *Peor está que estaba* [18], Brosse a conservé jusqu'à une date récente une réputation d'obscur
suiveur, malgré la sympathie active que lui a témoignée
Lancaster dans son *History* [19]. Il a fallu attendre le milieu
du xxᵉ siècle et la mise au jour de cet immense pan de la
littérature française des xviᵉ-xviiᵉ siècles que l'on appelle
aujourd'hui, d'un terme peu précis mais commode, la littérature de l' « âge baroque », pour que l'on réhabilite de
façon définitive *Les Songes des hommes esveillez* [20].

Mais la protection que cette comédie doit désormais
à l'intervention de Jean Rousset ne s'est pas encore étendue
à son auteur. Il y a quelques années encore, C. Cosnier
le citait après d'Ouville et Boisrobert comme « le dernier
parmi ‘ les petits, les obscurs, les sans-grade ’ de la comédie
romanesque », lui faisant grâce seulement pour ses *Songes
des hommes esveillez* et réclamant un oubli définitif pour ses
deux autres comédies [21].

Souhaitons que la lecture des *Songes* donne envie à quelques-
uns de se tourner vers *Les Innocens coupables* et *L'Aveugle
clair-voyant* qui ne méritent pas, selon nous, de demeurer
dans l'anonymat des bibliothèques de conservation. Il

---

18. « Gardons-nous de laisser entrer [dans notre mémoire le
nom] des *Innocens coupables* où de Brosse, qui avait commencé
à treize ans à gâcher des comédies à l'espagnole, inflige à Calderón
une injure qu'il ne méritait pas. » (*La Comedia espagnole en France
de Hardy à Racine*, Paris, 1900 ; réed. Genève, Slatkine Reprints,
1970 ; p. 399). On aura remarqué que Martinenche confond les
deux frères Brosse.

19. *A History of French Dramatic Literature in the Seventeenth Century*, part. II, p. 733-735.

20. L'un des grands « découvreurs » de cette littérature, Jean
Rousset, a consacré trois pages à cette pièce dans sa *Littérature
de l'âge baroque en France* (p. 65-68), avant d'en citer une tirade
inspirée (celle du paysan ivre : acte I, scène 5, v. 293 sq.) dans son
*Anthologie de la poésie baroque* (Paris, Armand Colin, 1968, 2ᵉ éd.,
tome II, p. 86).

21. Introduction à son édition de Thomas Corneille, *L'Amour
à la mode* (Paris, Nizet, 1973), p. 30-31.

suffit de bien vouloir les lire pour s'apercevoir rapidement de leurs qualités [22] : on se convaincra que Brosse n'est pas l'auteur d'une seule comédie.

## II. — PLACE DES *SONGES*
## DANS L'HISTOIRE DU THÉÂTRE FRANÇAIS

L'oubli dans lequel est restée enfouie la comédie de Brosse durant plus de trois siècles ne peut donc s'expliquer que par une modification fondamentale du goût à partir de la deuxième moitié du XVIIe siècle. Qu'elle ait rencontré le succès à sa parution et qu'elle passionne à nouveau le lecteur du XXe siècle, il ne faut l'imputer ni à la beauté particulière de ses vers, ni à l'analyse des caractères, ni à l'étude des mœurs, ni enfin à la richesse des relations entre les personnages : ce sont là des critères qui ressortissent à l'esthétique classique. La principale caractéristique des *Songes des hommes esveillez* est qu'il s'agit d'une pièce ordonnée autour de deux concepts, fondamentaux en ce premier dix-septième siècle : le *spectacle*, assise de l'esthétique théâtrale de l'époque, le *paradoxe être-paraître*, constituant essentiel de la mentalité des contemporains. En cela, on peut considérer que la comédie de Brosse constitue l'un des échantillons les plus représentatifs du théâtre comique de la première moitié du siècle.

### 1. *Brosse et le théâtre de son temps*

Pour apprécier correctement le rôle joué par le concept de spectacle dans le théâtre du temps, il faut avoir à l'esprit les faits suivants. Tout d'abord, comme l'a justement noté

---

22. Non seulement de nombreuses erreurs dans les divers comptes rendus des deux pièces montrent que, si on les a lues, on l'a fait bien mal, mais encore on a critiqué l'intrigue des *Innocens coupables* alors même que les hispanistes vantent les mérites de celle de *Peor está que estaba*.

R. Guichemerre [23], la comédie, en 1640, revient de loin.
Elle commence à peine à se sortir de l'éclipse de trente
années qu'elle a subie depuis la disparition des derniers
représentants de la comédie humaniste, jusqu'à l'apparition
de la fameuse génération de 1628 [24]. Durant cette période,
le public se partage entre d'un côté la tragi-comédie et la
pastorale (la première finissant par absorber la seconde),
de l'autre la farce. Or, malgré tout ce qui les oppose, tragi-
comédie et farce avaient en commun de privilégier le specta-
culaire : dans la farce, le texte n'était qu'un canevas, et ce
qui comptait avant tout, c'était le spectacle visuel et particulièrement la gestuelle qui accompagnait un discours
improvisé se permettant toutes les audaces ; dans la tragi-
comédie, on assistait à une exacerbation de l'action et de la
mise en scène, largement héritée de la dramaturgie du Moyen-
âge, phénomène qui se traduisait par une accumulation
d'éléments spectaculaires [25] : batailles, duels, exécutions,
enlèvements, viols, meurtres, à quoi il faut ajouter d'autres
éléments plus étroitement liés à la notion de spectacle,
comme les scènes de déguisement, de mensonges et qui-
proquos volontaires, de coups de folie... [26]

On se doute que la comédie, que les « Modernes », selon
l'expression de Corneille, ont voulu ressusciter, n'a pas pu
ne pas subir l'influence de cette esthétique théâtrale triom-
phante. Que les jeunes auteurs aient voulu reconstruire ce
genre dramatique en réaction contre les grossières facilités
de la farce, cela ne fait aucun doute. Mais, précisément, il
fallait gagner une partie du public habituel de la farce :

---

23. *La Comédie avant Molière (1640-1660)* p. 10.
24. Nous désignons ainsi les jeunes dramaturges qui ont donné
leur première pièce en 1628 ou en 1629 : Pichou, Baro, Auvray,
Du Ryer, Rotrou, puis Corneille, Mareschal, Rayssiguier, Scudéry...
25. Sur tout ceci, voir notamment les diverses études de
R. Lebègue que nous citons dans notre bibliographie, et, en particulier, « La tragédie shakespearienne en France » et « Paroxysme
et surprise dans le théâtre baroque français ».
26. Sur tout ce qui concerne la tragi-comédie (y compris dans
ses rapports avec la comédie), on se reportera au livre de R. Guichemerre, *La Tragi-comédie*, Paris, PUF, 1981.

d'où la nécessité de recourir à des procédés susceptibles de contenter le goût de ce public pour le spectacle. Il suffisait pour cela de transposer certains des procédés qui faisaient la fortune de la tragi-comédie. La *Mélite* de Corneille aurait-elle rencontré un tel succès si son jeune auteur n'y avait fort habilement développé le délire hypocondriaque d'Éraste ? L'hésitation que l'on décèle à partir de cette période dans la séparation des genres est, à cet égard, tout à fait significative : des comédies ont tous les traits de tragi-comédies [27] de même que des tragi-comédies sont en fait de véritables comédies [28].

L'apparition de la comédie à l'espagnole, à partir de 1639, loin d'atténuer le phénomène, l'a au contraire porté à son paroxysme en privilégiant les aspects les plus théâtraux des intrigues : mensonges, substitutions, déguisements, bref, tous les jeux qui embrouillent les intrigues à souhait tout en transformant les personnages qui les pratiquent en véritables *acteurs*, conscients de jouer aux autres de véritables « comédies ».

Précisons, pour compléter ce trop rapide panorama, que ce phénomène s'est vu conforté par la théâtralisation de la société tout entière, qui avait gagné l'Espagne dès la fin du XVIe siècle, et qui s'étendait peu à peu à la France pour culminer non seulement dans les fêtes de Louis XIV, mais aussi dans le cérémonial ordinaire de Versailles.

On comprend en quoi la comédie des *Songes des hommes esveillez* se rattache à l'esthétique de l'époque qui l'a vue naître. Elle est entièrement construite sur une structure qui consiste à mettre le théâtre dans (et sur) le théâtre.

En ce qui concerne la technique proprement dite, Brosse n'a fait que s'inscrire dans une tradition qui, sans être dominante, commençait à s'imposer sur le théâtre français

---

27. C'est le cas notamment de *L'Illusion comique* de Corneille (1635) et de *La Belle Alphrède* de Rotrou (1635).
28. Nous pensons à *L'Hospital des fous* de Beys (1634) qui, dix-sept ans après sa composition changeait de catégorie dramatique en même temps que de titre (*Les Illustres fous*) au prix de quelques remaniements.

depuis une quinzaine d'années [29]. Mais parmi les trois types de structures sous lesquelles se présentait le procédé [30], il a choisi la moins utilisée, celle qui en même temps correspondait le mieux au cadre de la « comédie au château » : la *structure à intermèdes*. Intégrant ses intermèdes à l'action mieux que ne l'avait fait Beys dans son *Hospital des fous* [31], il est parvenu d'une part à suggérer la vie de divertissements que certains aristocrates recherchaient dans leur château de province, d'autre part à placer l'ensemble de sa comédie sous le signe du théâtre. Il est vrai que, dans tous les cas, le simple recours à la technique du théâtre dans le théâtre — quel que soit le type de structure adoptée — est une manière de souligner la théâtralité du théâtre ; mais en faisant se succéder trois spectacles improvisés et une véritable pièce montée sur un petit théâtre, Brosse est allé beaucoup plus loin.

Dès lors, pourquoi a-t-on reproché à celui-ci d'avoir en quelque sorte démarqué l'apologie du théâtre que Corneille a placée à la fin de son *Illusion comique* [32] ? Outre que la

---

29. C'est-à-dire depuis 1628, date de la représentation de *Célinde* de Baro ; lui succédèrent les deux *Comédies des comédiens* de Gougenot et de Scudéry (1632-1633), *Agarite* de Durval (1633), *L'Hospital des fous* de Beys (1634), *L'Illusion comique* de Corneille (1635), *La Belle Alphrède* de Rotrou (1635), *La Belle Égyptienne* de Sallebray (1640-1641), *Le Triomphe des cinq passions* (1641) et *L'Art de régner* (1643) de Gillet, *L'Illustre comédien* de Desfontaines (1644) ; sur tout ceci, voir notre *Théâtre dans le théâtre sur la scène française du XVIIᵉ siècle*.

30. Nous avons distingué trois types de structures en fonction de la triple origine que nous avons cru déceler dans les différentes mises en œuvre du procédé : le chœur, le prologue et les intermèdes. Pour se faire une idée des différences structurelles entre ces trois types, il suffit de comparer respectivement *L'Illusion comique*, l'une des deux *Comédies des comédiens* et *Les Amants magnifiques* de Molière.

31. Dans cette pièce, les fous, coupés de l'action principale, n'apparaissent qu'au hasard des pérégrinations des héros dans l'asile et leur servent véritablement de divertissements. C'est donc cette situation de « regardés » qui les rattache à l'intrigue et les empêche d'être les personnages d'intermèdes ordinaires (cf. notre *Théâtre dans le théâtre*, p. 70-71.)

32. H. C. Lancaster, *op. cit.*, part. II, p. 475. Comparer les vers

défense du théâtre est un thème obligé pour tous les dramaturges qui ont mis en œuvre la technique du théâtre dans le
théâtre durant la première moitié du siècle [33], louer les
mérites de l'art dramatique dans une pièce qui est tout entière
construite autour de sa pratique n'a rien que de très normal.
Et, plutôt que d'établir à tout prix une filiation entre les
deux pièces en raison de leurs nombreux points communs [34], nous verrions volontiers dans *Les Songes des hommes
esveillez* une sorte de « relai » de *L'Illusion comique* dans le
cadre d'une esthétique dramatique différente : la pièce de
Corneille représente l'apogée du grand baroque avec son
mélange des genres, des intrigues, sa construction sur
différents niveaux, son magicien, son fanfaron et son héros
picaresque ; dix ans plus tard, au moment du reflux de cette
esthétique, la pièce de Brosse nous paraît représenter l'apogée
de la comédie préclassique avec ses deux couples d'amoureux,
ses jeux de cache-cache dans un cadre réaliste et policé
intégrant un burlesque d'origine non plus littéraire (le soldat
fanfaron) mais social (le paysan ivre) : au théâtre conçu
comme une évocation produite par un magicien de l'art a
succédé un théâtre conçu comme un jeu de société offert
par un châtelain à ses hôtes.

*<br>* *

L'utilisation du procédé du théâtre dans le théâtre s'explique aussi à cette époque par le triomphe de la dramaturgie
du dédoublement. *Les Sosies* de Rotrou (1638) en sont

---

1491-1498 des *Songes* (V, 2) aux vers 1781-1804 (V, 6) de *L'Illusion*
(éd. R. Garapon, S.T.F.M., Paris, Didier, 1957, p. 120-121).

33. A l'exception des pièces qui enchâssent des spectacles conçus
comme de simples divertissements (les ballets) : *La Belle Alphrède,
La Belle Égyptienne*, ainsi que *L'Hospital des fous* où les scènes
théâtralisées ne sont pas préalablement présentées comme des
spectacles dramatiques.

34. Organisation de la pièce autour d'un personnage qui tire
les ficelles (substitut scénique du dramaturge), multiplication des
enchâssements, piège tendu au spectateur du dernier spectacle,
allégorie générale de l'art dramatique, morceau de bravoure accordé
à un personnage burlesque...

certainement l'application la plus fameuse, mais en même
temps ils sont comme l'arbre qui cache la forêt. Nombreux
sont les héros de comédies qui pourraient s'écrier à l'instar
de Sosie : « Comment peut un seul homme occuper double
place ? » (v. 455). Le théâtre dans le théâtre, lui-même
phénomène de dédoublement, favorise remarquablement ce
jeu d'hésitation sur l'identité des personnages, puisque le
public — ainsi que les spectateurs intérieurs, lorsqu'il y en
a — est nécessairement entraîné à confondre le personnage
qu'il connaissait avec le nouveau rôle qu'il assume dans le
spectacle intérieur : l'essentiel pour le dramaturge qui crée
une telle situation étant de parvenir à la plus grande ambiguïté possible. Célinde, L'Illusion comique, Le Véritable saint
Genest représentent sur ce plan trois réussites indéniables.
Brosse a poussé à son tour fort loin cette dramaturgie de
l'ambiguïté : nous assistons successivement au dédoublement d'un paysan qui hésite entre son état véritable et celui
de châtelain qu'on le force à endosser, à celui d'une jeune
fille qui apparaît dans deux chambres à la fois aux yeux de
son amant, à celui du héros, à la fois spectateur et personnage du dernier spectacle [35].

En théâtralisant aussi fortement la dialectique du réel
et de l'illusion, Brosse s'est rattaché à l'un des courants
esthétiques majeurs de son époque. Le titre de la comédie
renvoie clairement à cette dramaturgie de l'ambiguïté
qui la fonde et qu'en même temps elle exalte. Et de même
que cette esthétique est sous-tendue par une éthique de
l'irréalité (que l'on résume souvent par la formule « le
monde est un théâtre »), de même le titre Les Songes des
hommes esveillez représente la traduction artistique de l'un
des avatars de cette idéologie, le thème de « la vie est un
songe ». Non qu'il y ait chez Brosse le moindre souci d'édi-
fication ou même d'allégorisme : il suffit de comparer le
titre de notre pièce avec celui de la comedia de Calderón
(1635) pour saisir le projet exclusivement ludique de

---

35. Il s'agit des enchâssements réalisés aux actes III, IV et V
de la comédie.

Brosse [36] ; mais il y a dans *Les Songes* — aussi bien dans le titre que dans le mouvement général de la pièce — une véritable complaisance à exprimer sur la scène la vision du monde de l'époque. Les quatre spectacles enchâssés dans cette comédie ont pour victimes quatre personnages différents qui ont en commun de se trouver dans des états situés à mi-chemin entre le réel et le rêve : deux d'entre eux luttent contre le sommeil (actes II et IV), un troisième est ivre, et le dernier assiste à une pièce de théâtre qu'on lui présente expressément comme une fiction quand elle n'est que la transposition de sa propre vie.

## 2. *Les dettes de Brosse*

On ne trouve pas seulement dans *Les Songes* l'expression des tendances générales de l'époque. Comme tous ses confrères, Brosse a puisé l'essentiel de sa matière dans l'arsenal des personnages et des situations que représentait la production théâtrale de son temps (tragédie mise à part). Car loin de rechercher l'originalité, les écrivains du XVIIe siècle, et plus particulièrement les dramaturges, ne se souciaient que d'organiser d'une façon personnelle des éléments communs à tous ou d'adapter d'une façon neuve une matière empruntée à d'autres, contemporains français ou étrangers, écrivains de l'antiquité.

On remarque tout d'abord que le point de départ et le point d'arrivée de l'action proviennent en droite ligne des tragi-comédies : le thème du naufrage d'un être aimé suivi du désespoir de l'autre apparaît fréquemment sur les scènes de l'époque, toujours complété par la réapparition miraculeuse du disparu, soit à la fin de la pièce, soit plus tôt, quand le dramaturge a le désir d'utiliser cette réapparition pour créer des situations d'équivoque et d'incrédulité ressortissant à la dialectique réel-illusion. Quelques années avant Brosse, Rotrou et Mairet avaient construit des tragi-comédies

---

36. L'absence de toute tournure prédicative jointe au pluriel qui laisse prévoir une *série* de jeux et à l'oxymore peu « sérieux » contenu dans le titre.

sur ce type d'ambiguïté [37]. Et la manière dont Brosse a
réintroduit le personnage disparu est tout aussi imputable
à la tradition tragi-comique : à la fin de l'acte IV, on annonce
au châtelain qu'un *cavalier* demande à lui parler ; on décou-
vrira à l'acte suivant que, comme les spectateurs de l'époque
devaient s'en douter, ce cavalier n'est autre qu'Isabelle
travestie. N'accusons pas Brosse d'avoir naïvement sacrifié
à une mode. Outre que personne ne jugeait invraisemblable
qu'une femme qui était contrainte de voyager seule se tra-
vestît en homme, bien au contraire, Brosse a habilement
utilisé le procédé pour créer un effet de suspens qui dure
tout l'intervalle fourni par le dernier entracte (effet qui
serait évidemment perdu aujourd'hui où l'on enchaîne
l'acte V tout de suite après l'acte IV) ; et nous verrons plus
loin de quelle manière il l'a utilisé dans la pièce intérieure
du dernier acte.

En ce qui concerne les personnages, la commune origine
du fonds apparaît de façon plus nette encore. On retrouve
les mêmes noms, Isabelle, Clorise, Cléonte, Lucidan, Lisidor,
on retrouve les mêmes fonctions dramatiques : l'amoureux
désespéré, l'amoureux éconduit, le parfait amant, la maîtresse enjouée et cruelle. Pourtant les schémas fonctionnels
ne sont pas les mêmes : les couples sont formés d'avance,
et rien ne viendra modifier cette situation puisque ce n'est
pas sur eux que repose la progression de la comédie. Quant
à l'amoureux éconduit, devenu inutile dès qu'il a cessé de
servir de divertissement aux autres, il disparaît de l'action
à la fin du second acte.

Deux personnages se détachent, cependant, dont l'origine
est moins claire, et pour lesquels, en tout cas, Brosse s'est
livré à un effort de création ou d'adaptation particulier.

---

37. Nous pensons notamment à *L'Heureux Naufrage* de Rotrou
(Paris, de Sommaville, 1637, représentée en 1634) et à *L'Illustre
corsaire* de Mairet (Paris, Courbé, 1640). Dans cette tragi-comédie
représentée en 1637, c'est l'amant qui a disparu dans les flots,
et c'est la maîtresse qui devient folle d'amour. Comme le Lisidor
des *Songes*, elle est « guérie » par la découverte progressive de l'existence de l'être aimé, révélée par l'entremise d'une série de jeux de
rôles (qui sont *presque* conçus comme des pièces dans la pièce).

Tout d'abord Clarimond, le châtelain, promoteur de tous les spectacles. Peu original en tant que frère de Clorise, dont il prétend protéger la vertu (dans le cours d'une supercherie enchâssée, toutefois, et présentée comme une plaisanterie), il est intéressant par le rôle dominant que Brosse lui a donné : la pièce progresse au rythme de ses inventions, qui sont autant de tentatives pour guérir Lisidor, son hôte et cousin, de sa profonde mélancolie. La tentation est grande de voir en lui la transposition du magicien omniscient et omnipotent de *L'Illusion comique* : Alcandre était pourvu des mêmes pouvoirs démiurgiques, et il les mettait déjà au service d'un homme désespéré par la disparition d'un être cher. Tentation d'autant plus grande, que Brosse lui a fait prononcer un éloge du théâtre très proche de celui que Corneille avait mis au compte d'Alcandre. Force nous est de constater que Brosse a brillamment réussi la transposition : son démiurge, parfait honnête homme qui utilise les doubles fonds de son château, n'a plus rien du « Mage » qui faisait jouer des « spectres » dans le fond de sa grotte.

Faut-il chercher des sources au paysan Du Pont ? C'est évidemment à Sancho Pansa que l'on pense immédiatement, d'autant que la trilogie de Guérin de Bouscal [38], et notamment la dernière des trois comédies, toute récente, *Le Gouvernement de Sanche Pansa*, venait à peine de rappeler le personnage aux esprits. Du Pont est crédité exclusivement des composantes négatives du caractère de Sancho : lâcheté, ignorance, crédulité, balourdise et, partant, tendance à la superstition. A quoi s'est ajoutée — ce qui le rend plus proche du *gracioso* traditionnel que de Sancho — une tendance à l'ivrognerie, aspect sous lequel Brosse nous le présente d'abord.

Ce qui le rapproche aussi de Sancho, c'est qu'on lui joue la comédie du châtelain comme on avait joué au premier

---

38. *Le Gouvernement de Sanche Pansa* date de 1641-42 (publié par Sommaville et Courbé en 1642) et suit d'assez près les deux premières comédies inspirées des aventures de Don Quichotte (*Dom Quixote de la Manche*, Paris, Quinet, 1640 ; et *Dom Quichot de la Manche*, seconde partie, Paris, Sommaville, 1640).

la comédie du gouverneur de l' « île » : on assiste à un défilé comparable de personnages, amis ou vassaux du véritable suzerain, dont les différents rôles improvisés ont pour but ultime de faire regretter à leur partenaire involontaire la situation prétendument supérieure dans laquelle il se trouve. Et si l'on a à l'esprit que Brosse connaissait fort bien l'œuvre de Calderón, et notamment *La Vie est un songe*, on ne manquera pas de reconnaître dans le réveil ébloui de Du Pont un travestissement burlesque de la situation dans laquelle Calderón a placé Sigismond. Du Pont, c'est, si l'on veut, Sigismond contaminé par Sancho. Une chose est sûre, en tout cas : Brosse n'a pas inventé le thème de l'homme que l'on tire du néant pour en faire un puissant seigneur, thème qui remonte très haut dans la tradition et qui n'a pas été l'apanage de la seule littérature occidentale. D'ailleurs, il faut signaler une troublante analogie entre l'utilisation de Du Pont dans *Les Songes* et le prologue de *La Mégère apprivoisée* de Shakespeare (1595) : l'ivrogne Christopher Sly est ramassé à la porte d'une auberge par un Lord qui rentre de la chasse ; à son réveil, on lui joue la farce du seigneur qui émerge d'une longue maladie, et on le traite en seigneur (on lui offre le spectacle de *La Mégère apprivoisée*).

Du côté de la tradition française, on constate avec Ch. Mazouer [39] que Du Pont a fort peu d'antécédents : tout au plus le vigneron Guillaume des *Vendanges de Suresne* de Pierre Du Ryer (publiées en 1636), et le paysan campagnard Carrille de *L'Esprit folet* de d'Ouville (publié en 1642). Celui-ci manifeste à plusieurs reprises sa terreur devant les événements inexplicables où il voit la marque du Diable ou « des Sathans » (IV, 4 ; V, 1), finissant même par se croire transporté aux Enfers (V, 2) ; Guillaume, dont le rôle est le plus souvent sérieux, et qui est même gratifié d'un certain courage, manifeste au dernier acte un irrésistible penchant pour le vin (V, 2 et 8), quoique assez brièvement exprimé. Mais s'il est bien possible que Brosse ait eu ces deux person-

---

39. *Le Personnage du naïf dans le théâtre comique du Moyen-Âge à Marivaux*, Paris, Klincksieck, 1979 ; p. 152-156.

nages à l'esprit en imaginant le sien, la virtuosité avec laquelle il a développé les thèmes de la terreur infernale et de l'ivrognerie souligne le caractère extrêmement limité de ses dettes envers ses prédécesseurs.

Enfin, comme tant d'autres œuvres dramatiques, *Les Songes des hommes esveillez* font partie de ce qu'on peut appeler le *théâtre de l'éblouissement*. Deux des trois amoureux de la comédie [40] racontent en des termes semblables la naissance de leur amour :

> A son premier aspect un subtil trait de flame
> Penetra par mes yeux jusqu'au fond de mon ame [41].

Brusquerie des disparitions et des réapparitions, brusquerie de l'amour : là encore, Brosse s'est contenté de mettre sur le théâtre ce qui avait cours de son temps. Son originalité — et sa réussite — provient donc de la façon dont il a organisé ce fonds commun : au lieu de faire de cette matière le moteur de la progression de sa pièce, il l'a soumise à son parti-pris structurel initial : faire reposer l'action de sa pièce tout entière sur la mise en œuvre de la technique du théâtre dans le théâtre.

*<center>*<br>*</center>

Si toutes les « dettes » que nous venons de relever sont plus imputables à une soumission de Brosse à « l'esprit du temps » qu'à de véritables emprunts, il faut faire une place à part à une particularité technique dont Brosse est allé chercher l'idée chez un de ses confrères. Car les trois supercheries qui occupent les actes II, III et IV reposent pour une large part sur une utilisation fort originale des caractéristiques scéniques de l'Hôtel de Bourgogne, comme nous le verrons plus loin : action qui se déroule dans deux

---

40. Et même tous les trois, puisque au dernier acte les amours de Lisidor ne sont pas racontés directement par lui, mais joués par Lucidan, l'amoureux comblé (grâce à la sérénité de son amour, nous sommes dispensés d'en connaître l'origine).

41. Acte V, scène 3 ; v. 1587-1588.

compartiments à la fois, cloisons transparentes ou ajourées, portes invisibles entre deux pièces.

A la lecture du jeu du quatrième acte qui développe le thème des pièces secrètement communicantes et de la porte d'entrée solidement fermée, on peut penser au *Miles gloriosus* de Plaute [42]. En fait, Brosse aurait pu en trouver l'idée dans son propre travail, puisque ses *Innocens coupables*, adaptés de Calderón, jouent au cinquième acte sur ce thème. Mais c'est vers d'Ouville (c'est-à-dire encore, d'une certaine manière, vers Calderón) qu'il s'est tourné. Le thème de la cloison amovible et de la jeune fille qui paraît et disparaît comme un fantôme constitue, en effet, l'essentiel de l'intrigue de *L'Esprit folet*.

Adaptation du premier grand triomphe de Calderón, *La Dama duende* (la dame fantôme), qui date de 1629, *L'Esprit folet* a lui-même remporté un grand succès à Paris durant la saison théâtrale 1638-1639, montrant aux Français que le théâtre espagnol n'était pas seulement un arsenal de tragi-comédies et lançant la mode, à laquelle même le grand Corneille allait sacrifier, de la *comédie à l'espagnole*. Pièce connue de tous les contemporains, elle a en outre été éditée en 1642 [43] au moment précis où Brosse commence sa carrière dramatique.

Seul le jeu du quatrième acte des *Songes* est repris directement de *L'Esprit folet* ; encore n'y retrouve-t-on que l'idée générale, Brosse l'ayant développée de façon tout à fait personnelle. Mais il est probable que les supercheries des actes II et III qui se déroulent l'une et l'autre devant des personnages cachés derrière des cloisons partiellement transparentes, procèdent au départ de la même invention.

---

42. La filiation est beaucoup plus probable dans *Les Cadenats ou Le Jaloux endormy* de Boursault, comédie représentée en 1660 (Paris, Guignard, 1662).

43. A Paris, chez Toussaint Quinet.

## III. — LA STRUCTURE DE LA PIÈCE

### 1. *Le théâtre dans le théâtre*

Quatre enchâssements différents, la chose n'est pas assez courante à l'époque [44] pour que l'on ne commence pas par examiner la construction d'une telle œuvre. A partir de l'acte II, et jusqu'à la fin de la pièce, plusieurs scènes, à l'intérieur de chaque acte, sont consacrées au développement de ces spectacles : trois jeux improvisés autour d'une victime ignorante du canular dont elle est l'objet, puis une véritable comédie — ou, du moins un spectacle présenté comme tel — qui se trouve, en fait, être un nouveau canular, dont la victime est, cette fois, le principal spectateur, Lisidor.

Le point commun de ces quatre spectacles enchâssés réside précisément dans le regard permanent de ce personnage. C'est pour le distraire de sa neurasthénie que l'on enchaîne ainsi divertissement sur divertissement : aussi ce regard constitue-t-il à la fois le trait d'union entre les divers spectacles et le fondement de la structure du théâtre dans le théâtre. En effet, les mystifications des actes II, III et IV ne se distingueraient en rien de toutes ces supercheries qui font l'ordinaire des comédies du xviie siècle, si elles n'étaient explicitement mises sous les yeux de Lisidor et, ainsi, constituées comme spectacles. Elle sont donc rattachées à l'intrigue de la comédie (il faut distraire Lisidor) et détachées d'elle (puisqu'elles ne font en rien progresser l'action). Changement de niveau dramatique sous le regard d'un personnage de l'action principale, nous retrouvons là les deux constituants fondamentaux du théâtre dans le théâtre.

---

44. Atteignent ou dépassent ce nombre les deux tragi-comédies de Gillet (déjà citées, n. 29), *La Comédie sans comédie* de Quinault (1655), *L'Inconnu* de Thomas Corneille (1675), auxquelles on peut rattacher deux comédies-ballets de Molière : *Les Amants magnifiques* (1670) et *Le Bourgeois gentilhomme* (1670).

Il est évidemment impossible de savoir si Brosse a consciemment suivi un modèle pour construire sa pièce. En tout cas plusieurs dramaturges avaient eu l'idée avant lui de réaliser une structure comprenant plusieurs enchâssements différents : Beys (*L'Hospital des fous*), Corneille (*L'Illusion comique*), et, tout récemment, Gillet avec son *Triomphe des cinq passions* et son *Art de régner* [45]. Pour ne pas recommencer ici notre travail sur les différences structurelles entre ces pièces [46], nous rappellerons simplement que *Les Songes des hommes esveillez* reposent sur la « structure à intermèdes », déjà mise en œuvre par Beys dans son *Hospital des fous* [47]. Toutefois dans la tragi-comédie de Beys, on est encore en présence d'intermèdes qui sont reliés à l'action principale et théâtralisés par le simple *regard* des personnages principaux ; on retrouve d'ailleurs ce type de théâtralisation dans *Les Songes* avec l'entrée en scène à la fin de l'acte I du paysan Du Pont qui se livre à son éloge du vin puis s'écroule ivre mort sous les yeux du châtelain et de son page [48]. Or ce type de théâtralisation n'est jamais présenté comme un véritable spectacle : ce n'est qu'une scène qui devient spectacle par les vertus d'un regard intérieur.

A partir de l'acte II des *Songes*, au contraire, quatre pièces véritables, et présentées comme telles par les divers protagonistes, se succèdent d'acte en acte, ravalant l'entrée en

---

45. Ces deux tragi-comédies présentent la même structure : après une rapide introduction au début de chaque acte, cinq pièces intérieures en un acte sont représentées tantôt par des « spectres animés » (*Le Triomphe*), tantôt par des personnages présentés comme des comédiens professionnels ; toutes ces pièces ont pour spectateurs les deux personnages de l'action principale qui se bornent, à la fin de chaque acte, à tirer une leçon de ce qu'ils ont vu.

46. Nous renvoyons en particulier au premier chapitre de la seconde partie de notre livre sur *Le Théâtre dans le théâtre* (p. 85-124).

47. Cf. ci-dessus, note 31. Soulignons qu'à l'exception de quelques pastorales du début du siècle et de *L'Ambigu comique* de Montfleury (1673), le genre de la comédie à intermèdes, si prisé en Espagne, ne s'est guère développé dans notre pays qu'à travers les comédies-ballets de Molière ; encore celui-ci s'est-il souvent efforcé d'*enchâsser* ses intermèdes dansés ou chantés.

48. Acte I, scène 5, v. 269-336.

scène de Du Pont au rang de hors d'œuvre. Ainsi, la première comédie, mystification jouée à l'un des hôtes, Cléonte, est subitement imaginée par le châtelain avant d'être improvisée presque aussitôt après. Or, s'il est clair que les termes de « pièce » [49], de « comédie » [50] et de « jouer » [51] sont employés de manière fort ambiguë, et plutôt avec le sens d' « adresse » (que l'on trouve dans le même passage) [52], c'est-à-dire de bon tour, de farce, il se produit ensuite un glissement de sens lorsque Clorise demande à son frère, l'instigateur du jeu :

> Jouray-je un personnage en cette Comedie ? [53]

La « comédie » que l'on joue à Cléonte est aussi une Comédie que l'on représente devant Lisidor. Une comédie improvisée, soulignons-le, comme Brosse ne manque pas de nous le rappeler à travers la réponse qu'il prête au châtelain :

> Venez que je l'invente & que je vous le die [54].

Les deuxième et troisième divertissements, à peine plus préparés [55], font eux aussi entièrement appel à l'improvisation des acteurs puisque, comme dans le premier, ceux-ci sont constamment obligés d'adapter leur jeu aux réactions de la victime de leur supercherie. Là encore Brosse joue avec la polysémie des mots pièce, jeu, comédie, tout en laissant clairement entendre que c'est le sens de spectacle qui l'emporte. Ainsi, le deuxième divertissement, construit autour du paysan Du Pont (acte III), est présenté avec toute l'emphase due à une pièce de théâtre d'envergure :

> Lucidan & ma sœur, avec un de mes Pages,
> Dans cette Comedie auront leurs personnages,

---

49. Acte II, scène 2, v. 429 et 433 ; scène 3, v. 625.
50. Acte II, scène 2, v. 437 et scène 3, v. 674.
51. Acte II, scène 2, v. 427.
52. Ibid., v. 417.
53. V. 437.
54. V. 438.
55. Quelques heures sont censées séparer leur conception de leur réalisation.

> Et vous les y verrez si dextrement jouer
> Que vous serez apres contraint de les loüer,
> On tire le rideau, ce m'est une asseurance
> Que les Acteurs tous prests demandent audiance... [56]

Quant au dernier spectacle, il est présenté à son tour comme une *Comédie* [57], mais, alors même qu'il s'agit encore d'une mystification, on ne joue plus sur l'ambiguïté du terme : c'est que, cette fois, la victime va en être Lisidor, le spectateur, et qu'il faut absolument le convaincre qu'il se trouve au théâtre. C'est pourquoi ce spectacle, dont on nous laisse entendre qu'il a été préparé [58], bénéficie, en outre, de tous les traits accordés à une représentation théâtrale ordinaire : après un long éloge de l'art théâtral, on parle du sujet de la pièce [59], des « vers » qui la composent [60], de la qualité de l'action [61] et des acteurs qui doivent la jouer [62].

## 2. *L'auteur et son spectateur*

Toutes ces « comédies », comme de véritables comédies, ont non seulement un spectateur, mais aussi un auteur. Aux côtés de Lisidor se tient en permanence Clarimond qui, en sa qualité d'hôte et de cousin, se fait un devoir de guérir le jeune homme de sa mélancolie. Il est l'inventeur de trois des quatre spectacles qui sont offerts à Lisidor, et invite sa sœur à organiser le jeu du quatrième acte.

Pétillant d'idées et utilisant à plein les ressources de son château, Clarimond représente donc la figure de l'*auteur-metteur en scène*. Sa première idée lui vient à la fin du premier acte quand Du Pont sombre devant lui dans le coma éthylique :

---

56. Acte III, scène 1, v. 697-702.
57. Acte V, scène 2, v. 1488.
58. Durant le laps de temps qui est censé s'être écoulé entre les actes IV et V. Il est dit au tout début de l'acte V : « Effectuons la pièce entre nous prononcée » (v. 1471).
59. *Ibid.*, v. 1521.
60. V. 1523.
61. V. 1525-1528 et 1535-1536.
62. V. 1505-1513.

Toutefois son sommeil et son yvrongnerie
Me font imaginer une galanterie.
Donc, pour l'effectuer comme je la conçoy,
Chargez vous de cet homme, & venez apres moy. [63]

Du Pont est tenu en réserve durant l'acte II, à l'issue duquel
Clarimond explique à Lisidor comment il a « imaginé sa
galanterie ». Entre temps, il n'est pas resté inactif : Cléonte
s'étant endormi dans la pièce où les autres jouaient aux cartes,
c'est encore lui qui, constatant que le jeu de piquet ne soulage
pas la mélancolie de Lisidor, « imagine » :

Non, ma sœur, c'est assez, j'imagine une adresse,
Qui peut mieux que le jeu combattre sa tristesse.
Cleonte, ensevely dans un profond sommeil,
Nous prepare pour rire un sujet sans pareil [64].

De fait, il organise matériellement la mise en scène de cette
« adresse », entrant dans la chambre et attachant des cordes
aux piliers du lit de Cléonte, puis invitant les autres personnages à crier « au feu », les faisant taire, etc. Enfin, il interrompt le jeu quand il l'a jugé bon (« Brisons là je vous
prie » [65]). Il est d'ailleurs officiellement institué *auteur* par
Lisidor au cours de ce premier divertissement (« L'adresse
d'inventer vous est particuliere » : v. 530).
    Il en va de même pour les autres divertissements : même
dans celui dont sa sœur est le maître d'œuvre, il s'attribue
un rôle qui relance l'action (v. 1359 sq.) ; et quand cette
petite comédie a pris fin, il demande à Clorise d'aller « retirer
de soucy » la victime de son canular (v. 1462).
    Nous examinerons plus loin la signification de ce rôle
de démiurge que Brosse lui a attribué. Nous nous en tenons
pour l'instant à sa fonction dans l'économie de la pièce.
Or, outre sa fonction d'initiateur du théâtre dans le théâtre,
il est aussi spectateur des différentes comédies. Comme
l'Alcandre de *L'Illusion comique*, il accompagne le spectateur

63. Acte I, scène 5, v. 349-352.
64. Acte II, scène 2, v. 417-420.
65. Acte II, scène 5, v. 670.

privilégié dans la contemplation des spectacles successifs.
Presque toujours placé près de Lisidor en divers coins du
théâtre d'où ils observent les autres acteurs, il « fait public »
avec lui. C'est ainsi qu'au début de l'acte III, quand Du Pont
se réveille dans une chambre du château revêtu des riches
habits de Clarimond, celui-ci dit à Lisidor :

> Ce Paysan pour le moins suspendra vos soucis,
> Prenons chacun un siege, & l'escoutons assis. [66]

Mais tout en étant spectateur, il continue à jouer son rôle
d'*auteur* : loin d'être silencieux aux côtés de Lisidor, il
commente ce qu'il voit, rassure son ami, l'incite à rire,
lui prépare la scène suivante, quelquefois même, lui traduit
le sens du jeu. Au quatrième acte, après que Clorise a déjà
commencé sa « comédie » avec son partenaire involontaire,
Lucidan, Lisidor s'étant exclamé :

> A quoy tend son dessein ? J'en suis émerveillé.

Clarimond lui explique :

> A ce que Lucidan resve tout esveillé. [67]

Le plus souvent, donc, le déroulement des pièces intérieures s'accompagne d'un véritable dialogue : questions
de Lisidor et réponses de Clarimond, ou bien exclamations
de l'un et commentaires de l'autre, le processus s'accentuant
au dernier acte, quand Clarimond fait représenter par ses
acteurs la propre vie et le propre personnage de Lisidor :
à tout moment les interventions de Lisidor menacent
d'interrompre la pièce intérieure, et Clarimond s'efforce
de le calmer [68].

Brosse est assurément le seul dramaturge du XVIIe siècle
à avoir poussé si avant dans le réalisme la mise en œuvre
du procédé du théâtre dans le théâtre : d'ordinaire les

---

66. Acte III, scène 1, v. 707-708.
67. Acte IV, scène 4, v. 1125-1126.
68. Voir, par exemple, les vers 1611-1614.

spectateurs intérieurs, lorsqu'il y en a [69], se taisent durant le déroulement de la représentation enchâssée, sauf dans les moments d'intense émotion [70]. Dans *Les Songes des hommes esveillez*, comme dans une vraie salle de théâtre, les spectateurs ne cessent jamais de parler.

Mais, surtout, cela a une conséquence sur le plan de la structure même de la pièce. Grâce à ces interventions constantes des spectateurs intérieurs, il n'y a pas de rupture entre les deux niveaux de représentation. Pendant que sur le plan inférieur se déroule le spectacle, le fil de l'action dramatique principale court toujours, enveloppant véritablement l'action enchâssée et créant ainsi pour le public des *Songes* un effet de *distanciation* — dont nous analyserons plus loin les conséquences sur le plan du sens de la pièce.

### 3. *Les différents types de spectacle*

Brosse a fait preuve d'une grande souplesse dans la mise en œuvre des divers enchâssements, à l'inverse de certains de ses collègues (Gillet, Quinault) pour qui la multiplication des spectacles intérieurs entraîne la répétition systématique de la présentation et de la construction. Tout d'abord, rappelons-le, il y a d'un côté les trois mystifications improvisées et de l'autre la « pièce » présentée comme préparée et apprise et pour laquelle on a fait appel à une actrice qui « excite le peuple aux acclamations » [71].

Ensuite, aucun des quatre spectacles n'occupe la même place dans l'acte qui l'accueille. Le premier commence seule-

---

69. Rappelons que, dans bien des cas, tous les personnages de l'action principale deviennent acteurs de l'action enchâssée : celle-ci se déroule donc sans le moindre regard interne à la pièce. Ce phénomène est lié à la « structure prologale » et caractérise en particulier les pièces qui appartiennent à la catégorie des « comédies des comédiens ».

70. Dans le cas de la « structure chorale », les spectateurs intérieurs, comme un chœur, interviennent au début et à la fin de l'enchâssement. L'émotion les force à intervenir pendant le cours du spectacle dans quelques cas : *Célinde, L'Illusion comique, Le Véritable saint Genest.*

71. Acte V, scène 2, v. 1510.

ment à la scène 4 du second acte, faisant suite à un dialogue
amoureux et à une courte partie de piquet [72]. Quoiqu'il
soit ainsi rejeté à la fin de l'acte, il occupe deux scènes
et s'étend sur près de deux cents vers [73]. Le second, auquel
le châtelain songeait depuis la fin de l'acte I [74], commence
à la deuxième scène de l'acte III, après une première scène
entièrement remplie par la présentation de la victime du
canular et des circonstances qui ont conduit le châtelain
à vouloir se jouer de lui ; il occupe la quasi-totalité des
scènes 2 à 7, et plus de trois cents vers lui sont consacrés [75].
Comme s'il avait voulu ménager une véritable gradation,
c'est sur quatre cents vers que Brosse a développé son troisième spectacle [76]. En outre, il l'a fait annoncer dès la fin
de l'acte III afin de le faire débuter dès le début de l'acte IV,
dont il occupe les six premières scènes (sur un total de
sept).

Paradoxalement, le dernier spectacle, le plus important
pour de multiples raisons sur lesquelles nous reviendrons,
est le moins développé : à peine deux cents vers [77] et trois
scènes (scènes 3, 4 et partie de la scène 5). Mais — et c'est
en cela aussi que réside la souplesse dont nous parlions plus
haut — c'est celui qui est le plus longuement préparé par
les deux premières scènes de l'acte V, la seconde compor-
tant notamment la présentation des acteurs, du sujet, et le
long éloge de l'art dramatique prononcé par les deux principaux personnages de la comédie, Lisidor et le châtelain,
Clarimond.

Il y a donc une opposition fondamentale entre les trois
spectacles improvisés des actes II, III et IV, et la « pièce »
du dernier acte ; et cette opposition se retrouve sur tous
les plans, matériel, fonctionnel et thématique.

---

72. Jouée par deux personnages et observée par deux autres,
cette partie de piquet pourrait presque être considérée comme une
sorte de spectacle intérieur.

73. V. 473-670.

74. V. 349-352 : l'apparition du paysan ivre.

75. V. 709-1034.

76. V. 1045-1056 et 1077-1442.

77. V. 1547-1770.

Sur le plan matériel, tout d'abord, on constate que la « machinerie » utilisée n'est pas la même dans les deux cas. Pour le comprendre, il faut rappeler les conditions de mise en scène en usage dans la première moitié du siècle, conditions qui déterminent dans une large mesure la structure de la pièce. En 1644, l'unité absolue de lieu est loin d'avoir triomphé, même dans la tragédie, comme l'exemple récent de *Cinna* vient de le démontrer[78]. C'est l'unité au sens large, c'est-à-dire l'unité de ville ou de palais : l'action peut se dérouler en plusieurs points de l'une ou de l'autre. Ce qui est précisément le cas dans *Les Songes*. Cette unité large s'explique par l'utilisation du décor multiple ou décor à compartiments : la scène est divisée en plusieurs compartiments organisés en général autour d'une rue, d'une place ou d'une cour. Lorsque l'action se déroule dans ce dernier lieu, toutes les « tapisseries » des compartiments sont abaissées, figurant ainsi le décor de la place ou de la cour ; quand elle se déplace à l'intérieur du palais ou dans l'une des maisons qui entourent la place, la « tapisserie » est tirée de côté faisant apparaître le décor du lieu en question, dans lequel se trouvent les personnages.

*Les Songes des hommes esveillez*, comme l'a fait remarquer R. Horville, représentent « une application du procédé de la tapisserie »[79]. De fait, l'invention des actes II, III, IV ne s'expliquerait pas sans l'existence de cette technique décorative. Dans ces trois cas, l'action se déroule au moins dans deux compartiments à la fois : le premier représente la salle où se déroule le spectacle, le second celle dans laquelle sont installés les spectateurs, qui regardent *à travers* la cloison séparant les deux compartiments.

Ainsi à la fin de la scène 2 de l'acte II, Clarimond invite Lisidor et Lucidan à sortir de la pièce où Cléonte s'est

---

78. Voir les Notices de G. Couton pour *Mélite* et *Cinna* : Corneille, *Œuvres complètes*, Bibliothèque de La Pléiade, Paris, Gallimard, 1980, tome I, p. 1146 et 1575-1576.

79. « Les niveaux théâtraux dans *Les Songes des hommes esveillez* de Brosse (1646) », *Revue des Sciences humaines*, tome XXXVII, n° 145, janvier-mars 1972, p. 123.

endormi (v. 430), jeu de scène précisé par une didascalie, puis à « demeurer pour (...) voir tous deux en cette salle » (v. 434), c'est-à-dire le compartiment voisin. Lui-même retourne un peu plus tard dans la première pièce, afin de préparer la mystification [80], puis en ressort quelques instants après. Quant à comprendre comment les spectateurs peuvent regarder à travers une cloison, on nous donne la solution un peu plus loin :

> Ces deux Messieurs pourront à travers de ces *vitres*,
> Comme nos spectateurs, estre encor nos arbitres. [81]

Même invitation à la scène 6 de l'acte IV :

> Lisidor, approchons, & par cette *verriére*
> Regardons leur joüer la piéce toute entiere. [82]

Si dans ces deux supercheries des actes II et IV, il faut supposer que les spectateurs fictifs se déplacent en outre hors de leur compartiment, se contentant quelquefois d'écouter le jeu [83], il est clair à l'acte III que, confortablement installés devant leur « verrière », ils assistent sans bouger à la comédie du paysan-gentilhomme ; et lorsque Du Pont est ramené à la fin de l'acte dans la cour du château, c'est-à-dire dans l'espace situé en avant des compartiments, ils n'ont qu'à tourner la tête :

> Le meilleur reste à faire,
> Ouvrons cette fenestre, & voyons ce mistere. [84]

Donc, à l'inverse des trois supercheries qui nécessitent l'utilisation de la technique des compartiments pour voir sans être vu, la comédie du dernier acte est censée être jouée et regardée dans le même lieu. Sans doute faut-il

---

80. Scène 4, didascalie : *Clarimond entre dans la chambre où dort Cleonte, & attache des cordons aux piliers de son lict.*
81. Acte II, scène 5, v. 629-630. Nous soulignons.
82. V. 1251-1252. Nous soulignons.
83. Cf. v. 736.
84. Acte III, scène 6, v. 1009-1010.

imaginer que les spectateurs se plaçaient en avant d'un compartiment pour que la didascalie *On lève la toile* prenne tout son sens [85]. Ensuite, durant toute la durée du spectacle, Lisidor et Clarimond sont assis devant les acteurs, si près qu'à tout moment Clarimond craint que les exclamations de Lisidor ne fassent « manquer » les acteurs ; si près encore, qu'à la fin, Isabelle qui jusqu'alors ne s'adressait qu'à Lucidan, double scénique de Lisidor, peut, sans changer de place, se tourner vers Lisidor [86]. Pour parachever l'opposition matérielle entre les deux types de spectacle, notons que le compartiment où se déroule le spectacle final devait très certainement, comme il était d'usage dans ce cas, être pourvu d'une petite estrade destinée à matérialiser l'espace du jeu enchâssé.

D'un côté le jeu improvisé, de l'autre le théâtre. Cette opposition est tout aussi nette sur le plan fonctionnel. On observe, en effet, que les trois premières « pièces » intérieures sont destinées à divertir Lisidor : il est le spectateur privilégié de trois mystifications qui ont pour victime un acteur involontaire de l'action enchâssée. Durant leur déroulement, on lui demande ses impressions ; à la fin, on attend un jugement favorable. Or, le dernier spectacle n'est plus destiné à le « divertir », mais à le guérir en le remettant en présence de sa fiancée. Son statut passe donc de spectateur extérieur à destinataire du spectacle. De fait, il s'agit encore d'une sorte de mystification, mais sa victime n'est plus interne au jeu : il n'y a que Lisidor, destinataire inconscient de la comédie, qui est abusé. Nous verrons plus loin toutes les conséquences que cette modification entraîne sur le plan des significations de l'œuvre tout entière.

Dernière conséquence de l'opposition entre les deux types de spectacle : les relations thématiques entre action

---

85. Acte V, scène 2, v. 1043-1044.
86. Acte V, scène 5, v. 1765-1770.

enchâssante et action enchâssée ne sont pas les mêmes.
D'une part, on se trouve devant trois « comédies » dont le
contenu ne renvoie en rien à celui de l'action principale [87] :
il n'y a entre le destin de Lisidor et les canulars dont sont
tour à tour victimes Cléonte, Du Pont, et Lucidan, aucun
rapport. Ce ne sont que des divertissements gratuits. Par
contre, la pièce du dernier acte est tout simplement la
transposition scénique de la vie de Lisidor. Les liens thématiques entre action enchâssante et action enchâssée sont
tels que l'on découvre, en même temps que le spectateur
fictif lui-même [88], l'existence d'une mise en abyme [89].

La première caractéristique de cette mise en abyme,
par quoi en outre la pièce du Ve acte se distingue des trois
spectacles précédents, est que l'action enchâssée est dépour-
vue de tout mouvement. Elle est constituée par une série
de discours soit prononcés par le double de Lisidor (Lucidan),
soit adressés à lui. De fait, dans la mesure où cet ultime
spectacle est destiné à mettre en présence deux personnages
brutalement séparés, il est logique qu'il soit dépourvu
d'action dramatique véritable : faisant appel aux traditionnels récits des retrouvailles de comédie, il se contente de les
théâtraliser.

Cette caractéristique en entraîne une autre concernant
le jeu de miroir proprement dit. Réduplication de l'action
de la pièce-cadre, ces récits la débordent largement, puisqu'ils nous apprennent des faits sur la vie du héros dont
on ignorait jusqu'alors l'essentiel [90], qu'ils nous relatent
les aventures d'Isabelle, et que, racontant des événements
qui sont, pour certains, antérieurs, pour d'autres, extérieurs

---

87. Même si elles participent à la signification d'ensemble des
*Songes*.
88. Lisidor commence à découvrir ces liens aux vers 1575-1576 :
« Jusqu'icy ce discours se rapporte à l'histoire / De la beauté
qu'Amour fait vivre en ma memoire. »
89. Pour plus de détails sur la notion de mise en abyme théâtrale,
voir notre *Théâtre dans le théâtre*, p. 149-171.
90. Ce qui permet à toutes ces scènes de dépasser le statut de
scènes de dénouement simplement théâtralisées auxquelles on
pourrait les réduire au premier abord.

à l'action principale, ils rejoignent *in extremis* le présent des héros.

Cet enchâssement du Ve acte constitue selon nous un remarquable specimen du théâtre spéculaire — et pas seulement comparé aux œuvres du XVIIe siècle. Car le spectacle enchâssé se trouve être, en fait, la simple transposition de l'intrigue de la pièce-cadre, et — ce qui est encore plus rare — il la complète au lieu de la réduire ; enfin, il se termine par la jonction du passé des récits théâtralisés et du présent des personnages principaux.

## IV — SIGNIFICATIONS DES *SONGES*<br>*DES HOMMES ESVEILLEZ*

### 1. *Une société du divertissement*

A voir le nombre et la variété des jeux proposés tout au long des *Songes des hommes esveillez*, on ne peut douter que cette comédie renvoie dans un premier temps à la société de l'époque. De Saint-Germain comme du Louvre, au plus obscur château de province, la noblesse a pour principal souci de tromper son ennui. Tout est bon pour secouer la torpeur qui l'engourdit peu à peu : les jeux de l'amour, les jeux de hasard [91], les plaisirs de la chasse, et, par-dessus tout, les représentations théâtrales [92]. Sur ce plan encore, *Les Songes* sont une œuvre exemplaire, puisqu'ils font leur matière de tous ces jeux à la fois. D'ordinaire, c'est-à-dire dans les autres pièces qui appartiennent à cette catégorie des « comédies au château » [93], on se contente

---

91. Sur les ravages du jeu dans la noblesse du XVIIe siècle, on pourra lire les articles regroupés dans la troisième section du vol. VIII (n° 15, 2) des *Papers on French Seventeenth Century Literature* (p. 269 sq.).

92. Cf. la passionnante étude thématique à laquelle s'est livré R. Chambers : *La Comédie au château* (Paris, Corti, 1971).

93. Nous avons regroupé dans cette catégorie huit pièces :

d'associer les jeux de l'amour et ceux du théâtre. Brosse, lui, s'est livré à une revue complète. Il est vrai que son argument initial le lui permettait : il ne s'agit pas seulement pour ses personnages de se distraire, mais surtout il faut guérir l'un d'entre eux de sa mélancolie. On commence donc d'abord par recourir aux remèdes traditionnels, en accélérant simplement leur fréquence.

Le premier acte est celui de la chasse, et de son échec. Les deux insatisfaits que sont Cléonte, l'amoureux éconduit, et Lisidor, le mélancolique, se plaignent tour à tour de son incapacité à les distraire de leur tristesse :

> Le Royal passe-temps que l'on prend à la chasse
> A-t'il pû la forcer d'abandonner la place ? [94]

Le second acte commence par être celui d'un divertissement que Clarimond jugeait plus efficace que la chasse [95] : les cartes. Toute la scène 2 nous fait assister à une partie de piquet qui oppose Lisidor et Clorise, sous les yeux de Clarimond et de Lucidan. La chance étant du côté de Clorise, Lisidor est encore mal satisfait, et il faut que Clarimond invente un nouveau type de divertissement. C'est dans cette perspective que se situent les trois mystifications théâtralisées successives.

Même le dernier spectacle, qui assure le dénouement en remettant en présence les deux amants séparés, est d'abord conçu dans cette perspective du divertissement. Certes, son statut est très équivoque, puisqu'il constitue en même temps une sorte de psychodrame ; mais la guérison qu'il procure est superfétatoire car Isabelle se révèle bien vivante.

---

L'Illustre comédien ou Le Martyre de saint Genest de Desfontaines, Le Véritable saint Genest de Rotrou, Le Baron de la Crasse de Poisson, Le Courtisan parfait de Gabriel Gilbert, Le Mari sans femme de Montfleury, La Comtesse d'Escarbagnas de Molière, L'Inconnu de Thomas Corneille, et, bien sûr, Les Songes. Pour une définition de cette catégorie, voir notre Théâtre dans le théâtre, p. 79-80.

94. Acte I, scène 3, v. 245-246 ; Cléonte avait déclaré plus haut (scène 1, v. 99-100) : « Je tache tous les jours de dissiper mes feux / Par les charmes divers, de la chasse et des jeux ».

95. Ibid., v. 249-256.

Brosse fait en sorte que nous comprenions que ce spectacle est, dans un premier temps, un divertissement que Clarimond, Isabelle et Clorise s'offrent pour se faire plaisir. On attendrait qu'Isabelle se montre avant tout préoccupée de retrouver son amant ; Brosse nous la présente préoccupée avant tout de « jouer » :

> Mon rosle me plaist tant, que bien loing d'y manquer
> Je veux en le joüant, vous faire remarquer
> Tant de naïveté, de grace et d'artifice,
> Que vous confesserez que je suis bonne Actrice. [96]

On notera en dernier lieu que *Les Songes des hommes esveillez* mettent l'accent — et ce n'est pas leur moindre mérite — sur une forme particulière de divertissement théâtral. Le plus souvent, la rencontre du thème du théâtre et de celui du château se traduit par le recours à des comédiens professionnels. Dans *Les Songes*, ce sont les châtelains eux-mêmes qui jouent la comédie, se livrant aux joies de l'improvisation dans trois spectacles sur quatre. Il est très certain que Brosse a mis sur le théâtre une forme de jeu dramatique très goûtée de son temps, jeu auquel la noblesse aimait à se livrer dans les intervalles des visites des comédiens professionnels.

### 2. *La dramaturgie de l'ambiguïté*

L'une des significations de notre comédie est évidemment révélée par son titre. Il nous indique que l'essentiel de l'intrigue va tourner autour de cet état ambigu qui consiste, comme nous dirions aujourd'hui, à dormir debout. De fait, les trois supercheries des actes II, III et IV prennent pour victimes trois personnages aux frontières du sommeil et de la veille, à qui l'on fait vivre des aventures réelles, mais si invraisemblables qu'au lieu de les juger irréelles ou feintes, ils s'accusent eux-mêmes de rêver :

> A ce que je comprens j'estois donc endormy,
> Et ce n'est qu'en resvant que mon cœur a fremy,

---

96. Acte V, scène 1, v. 1473-1476.

> Lors que de mille erreurs mon ame embarrassée,
> Figuroit faussement des feux à ma pensée,
> Et lui représentoit le lict où je me voy,
> Suspendu dedans l'air, & tombant dessus moy. [97]

Telle est la réflexion finale de Cléonte, qui annonce celles que prononceront après lui Du Pont (« En un mot je n'ay fait qu'un effroyable songe » [98]) et Lucidan (« Je suis las en veillant de faire de tels songes » [99]).

Ainsi la comédie tout entière repose sur cette dialectique réel-illusion, à laquelle Brosse a conféré une fonction motrice. D'une part, en effet, comme la pièce progresse au rythme des divertissements, leur perspective « ambiguë » soumet cette progression à la dialectique réel-illusion. On passe constamment du réel des personnages principaux à la situation illusoire de la victime de la supercherie ; bien plus, tous les personnages principaux, à l'exception de Lisidor, s'improvisent acteurs et accomplissent des actions réelles que leurs victimes prennent pour fictives, tout en niant la réalité de ces actions puisqu'elles rentrent dans le cadre de supercheries qui n'ont pas d'autre but qu'elles-mêmes, et qu'en outre, loin de faire progresser l'action de la pièce tout entière, elles se donnent elles-mêmes pour *du théâtre*. La manière dont Clarimond présente le deuxième divertissement à Lisidor est à cet égard tout à fait significative :

> Escoutez cette Scene, elle doit estre bonne,
> Cét Acteur la rendra serieuse & bouffonne,
> Lucidan est adroit, & sa dexterité
> Sçaura *tout en mentant dire la verité*. [100]

D'autre part, reflet de l'ensemble de la comédie, le déroulement de chacun des divertissements repose sur la mise en œuvre de cette dialectique. Il n'est que de considérer la dernière supercherie pour s'en convaincre : Clorise,

---

97. Acte II, scène 5, v. 639-644.
98. Acte III, scène 7, v. 1029.
99. Acte IV, scène 6, v. 1440.
100. Acte III, scène 4, v. 797-800. Nous soulignons.

mentant et disant la vérité à la fois, passe constamment de la chambre de Lucidan à la sienne grâce à une porte dérobée, acculant chaque fois Lucidan à l'incertitude la plus-totale. Il la croit dans tous les lieux à la fois avant de se convaincre qu'elle n'est dans aucun, alors qu'effectivement elle était dans tous. Il en est de même au troisième acte, quand Du Pont commence par se croire aux enfers, entouré de « biens qui n'ont que l'apparence », prend le page Ariston pour un diablotin, puis Lucidan pour le diable en personne, avant de croire peu à peu à leur civilité et à la réalité de sa situation [101] ; mais à la fin, tout le mouvement est renversé puisqu'on le fait emporter par des laquais habillés en diables et que Lucidan le condamne à des souffrances éternelles [102].

En même temps, les trois supercheries préparent le succès du piège contenu dans la comédie du dernier acte. Toutes trois, on le sait, ont pour unique destinataire Lisidor, seul personnage que Brosse n'a fait participer ni à leur élaboration, ni à leur représentation. Malgré l'invraisemblance de la situation dans laquelle il va se trouver, il pourra se laisser convaincre par Clarimond qu'il rêve, parce que les trois spectacles qu'on lui a présentés l'ont disposé à prendre la réalité pour le rêve.

Car cette dernière représentation atteint un degré rarement égalé dans la profondeur de l'ambiguïté. Elle est constituée, rappelons-le, par un jeu de miroir qui est d'autant plus déréalisant qu'il n'est que la transposition de la réalité elle-même. Ce qui a pour conséquence que le spectateur de cette dernière représentation se voit joué sur la scène.

La première scène de cette pièce (acte V, scène 3) comprend deux mouvements. Au début, Lisidor découvre peu à peu les affinités entre l'histoire racontée par Lucidan à Clorise

---

101. Quand Lucidan rappelle à Du Pont ses exploits à Rocroy et la blessure qu'il y a reçue (alors qu'il n'a jamais quitté sa ferme), il porte les mains à sa tête, à la recherche de sa blessure, et, loin de se convaincre de l'irréalité de ce qu'on lui dit, admire la manière dont on l'a pansé (acte III, scène 4, v. 865-868).

102. Scène 5, v. 979-982.

et la sienne propre. Il ne cesse d'interrompre les acteurs, mais, rappelé à l'ordre par Clarimond, il finit par se résigner à considérer l'histoire représentée comme seulement semblable à la sienne [103]. Puis la perspective change : jusqu'au récit du naufrage qui a vu la disparition de sa fiancée (v. 1635), ses commentaires témoignent de l'oscillation de son esprit entre l'illusion (accepter l'histoire comme proche de la sienne) et la certitude indignée (c'est son histoire).

Mais c'est avec la troisième scène de l'enchâssement que l'illusion atteint son comble. Isabelle réapparaît bien vivante, mais par le biais de la scène intérieure, après avoir été annoncée comme une actrice professionnelle. Lisidor, déjà stupéfait par la réapparition de sa fiancée disparue, se trouve devant la situation suivante : Isabelle morte est une actrice qui joue le personnage de sa fiancée disparue et qui est reconnue par son double comme son Isabelle. De là à se sentir dépossédé de sa personnalité, il n'y a qu'un pas, vite franchi : Lucidan se présente à Isabelle sous le propre nom de Lisidor [104]. Quant au vrai Lisidor, au comble de l'incertitude sous l'effet d'un tel spectacle, il se taira jusqu'à la fin.

Enfin le dénouement de ce spectacle accentue encore l'effet de déréalisation. Quand le passé du récit d'Isabelle a rejoint le présent des personnages, elle se tourne vers Lisidor et, afin de dissiper l'enchantement, lui reproche de ne pas la reconnaître. Ne négligeons pas le sens de cette pirouette : alors que toute la pièce intérieure tendait depuis le début à convaincre Lisidor qu'il dormait tout éveillé, elle se termine sur un reproche adressé au même personnage de s'être cru victime d'une illusion [105]. Il est difficile d'aller plus loin dans la dialectique réel-illusion.

### 3. L'apothéose du théâtre

Il est évident que l'échec répété des divertissements classiques que sont la chasse et les cartes, et le succès plu-

---

103. V. 1575-1614.
104. Acte V, scène 5, v. 1635.
105. V. 1765-1770.

sieurs fois renouvelé du spectacle théâtral révèlent la pré-
éminence accordée au théâtre dans la hiérarchie des divertissements. Mais Brosse ne s'est pas contenté de faire
ressortir cette suprématie, ce qui, après tout, de la part
d'un dramaturge ne serait guère original ; il s'est livré dans
sa comédie à une véritable défense et illustration du théâtre.

La défense est présentée directement à l'acte V, en guise
d'introduction à la « vraie » comédie qui va être représentée. Elle ne contient rien d'original pour qui connaît
celles qu'ont déjà présentées les prédécesseurs de Brosse [106] :
l'honnêteté enfin conquise du théâtre, la généralisation de
son succès, la protection royale. Mais, à l'inverse des auteurs
de « comédies des comédiens » qui ont ajouté une défense
de leur moralité, Brosse, à la suite de Corneille, a insisté
uniquement sur l'importance primordiale du dramaturge :

Je sçay qu'elle [la scène] est un temple où les meilleurs
                                    [esprits
A la postérité consacrent leurs écrits. [107]

Cette perspective particulière adoptée dans la défense
se retrouve dans l'illustration. A côté du héros de la comédie,
Lisidor, une seule figure se détache vraiment : celle de
Clarimond, que nous avons déjà présenté comme la figure
de l'Auteur-Metteur en scène, et qui recueille, en les laïci-
sant, les traits démiurgiques des enchanteurs de Corneille
(*L'Illusion comique*) et de Gillet (*Le Triomphe des cinq passions*).
D'une part, son château de verre peut être comparé aux
grottes et temples sur les parois desquels les magiciens
patentés projettent leurs évocations magiques. D'autre part,
il possède des démiurges la faculté d'invention, le choix
des sujets et la direction d'acteurs ; et il possède surtout
un pouvoir tout puissant sur son public qu'il mène où il
veut, qu'il surprend, terrorise, rassure ou amuse.

Par ailleurs, si l'on se tourne vers ce public, c'est-à-
dire vers le personnage de Lisidor, on n'a pas de peine

---

106. Dans *Célinde*, les deux *Comédies des comédiens*, *L'Illusion
comique*, *L'Art de régner*, *L'Illustre comédien*.
107. Acte V, scène 2, v. 1497-1498.

à voir qu'il participe lui aussi à cette illustration du théâtre. Durant le déroulement des trois premiers spectacles, le rôle de Lisidor consiste simplement à regarder le développement des mystifications que Clarimond a mises sur pied, sans, le plus souvent, lui en communiquer par avance la teneur. Il se trouve donc exactement dans la position d'un spectateur ordinaire. Là-dessus, Brosse lui fait énoncer au cours de ces représentations des questions et des commentaires qui sont ceux que tout spectateur est amené à rouler dans sa tête ou à communiquer à son voisin au même moment. Pour une large part, la fonction du personnage Lisidor consiste à être le représentant scénique du public.

Or, une fois solidement établi dans cette position, il est victime à son tour, en tant que spectateur, d'une mystification qui le transforme en rêveur éveillé, mystification qui, soulignons-le une fois de plus, est présentée comme une véritable pièce de théâtre. Aussi le public des *Songes* est-il légitimement amené à tirer la conclusion suivante : aucun spectateur n'est à l'abri d'un rêve éveillé, et, inversement, tout spectacle est susceptible de faire douter les assistants de leur propre réalité. A quoi peut s'ajouter une seconde conclusion : en tant qu'*alter ego* des spectateurs, Lisidor prend la dimension d'un véritable symbole ; celui du spectateur mystifié par l'illusion dramatique, qui s'éveille à la fin du spectacle pour retourner à sa réalité.

Ce n'est pas tout : il ne faut pas négliger l'une des significations les plus importantes de la comédie du V$^e$ acte. Le théâtre est révélateur de la vérité. On invoque souvent pour démontrer ce postulat la représentation enchâssée dans *Hamlet*. *Les Songes des hommes esveillez* l'illustrent à leur manière. Car, le personnage d'Isabelle ayant réapparu au tout début du V$^e$ acte, les deux amants pouvaient être remis en présence dès ce moment là : c'était escamoter la mystification vers laquelle toutes les autres tendent, et dont nous avons déjà vu qu'elle était lourde de sens. Faire apparaître Isabelle à Lisidor par le biais d'une pièce de théâtre revient à proclamer la toute-puissance du théâtre qui découvre ce qui est aux yeux aveugles des hommes.

Et comme s'il avait peur que cette signification nous

échappe, Brosse l'a répétée, en abyme, au cœur même de sa pièce intérieure. Lorsque, à la scène 3 de l'acte V, Lucidan, dans le rôle de Lisidor, raconte comment il a avoué son amour à Isabelle, il rappelle qu'il s'est contenté de répéter les paroles prononcées dans la pièce — *Ibrahim* de Scudéry — à laquelle ils assistaient :

> Ibrahim loüoit-il les attraits d'Isabelle,
> Je luy disois tout bas, vous en avez plus qu'elle,
> Et lors qu'à Soliman ils donnoient de l'ennuy,
> Je suis (disois-je encor) plus amoureux que luy [108].

La maîtrise dramatique de Brosse éclate pleinement ici : à l'intérieur d'une représentation théâtrale enchâssée, qui « abyme » l'action principale, il se permet une référence précise à une autre pièce de théâtre qui « abyme » elle-même la signification du dernier enchâssement : le théâtre est un révélateur de vérité. Et cette affirmation, il la laisse transparaître par une référence à une pièce réelle (*Ibrahim* a certainement été vue par la plupart des spectateurs des *Songes*) à l'intérieur d'une histoire fictive...


# V. — L'ÉCRITURE DE LA COMÉDIE

### 1. *Les personnages*

On aurait tort de se préoccuper de réalisme psychologique pour une pièce comme *Les Songes des hommes esveillez*. Il en est à peu près totalement absent parce qu'elle se situe dans une tout autre perspective : placer des figures immédiatement reconnaissables par le spectateur dans des situations hors du commun et évolutives, l'essentiel étant de mettre en œuvre la dialectique réel-illusion, tout en faisant rire le public.

---

108. Acte V, scène 3, v. 1607-1610.

On pourrait répartir les personnages en trois groupes bien distincts, en fonction des rôles qui leur correspondent dans la comédie préclassique : les jeunes gens, les parents, les comparses. On retrouve, en effet, l'habituel groupe des cinq amoureux issu de la pastorale : quatre amants et un cavalier isolé. Psychologiquement ils n'ont aucune originalité : ce ne sont que des rôles, codés comme tout rôle.

*Cléonte*, le cavalier isolé, est doté de tous les traits de l'amoureux repoussé : vocabulaire délétère [109], invocations [110], amour absolu qui aime jusqu'aux mépris de l'autre [111]. Face à lui, *Clorise* est — normalement, pourrait-on dire — « cruelle » (v. 76, 81), « susceptible » (v. 117), et n'hésite pas à s'avouer « froide » (v. 373) ; elle a du faible pour Lucidan qu'elle épouse à la fin de la pièce, mais s'amuse durant tout l'acte IV de ses sentiments. Quant à *Lucidan*, il est l'amoureux comblé, tour à tour inquiet puis rasséréné. Il représente l'exacte antithèse de Cléonte : tandis que celui-ci se désespère, lui est l'image même du bonheur. D'ailleurs, au début de la supercherie dont il est victime (acte IV), Brosse lui fait lire une Ode composée en l'honneur du dieu Amour (v. 1093-1102).

Assurément, il paraît difficile de composer des personnages moins originaux. Selon nous, il ne le sont si peu que parce que Brosse en a fait, grâce au procédé du théâtre dans le théâtre, des figures théâtralisées : en les mettant à distance par le biais des spectateurs fictifs que sont Lisidor et Clarimond, il les a donnés à voir comme les *personnages* de théâtre qu'ils sont. Nous reviendrons plus loin sur l'économie de la pièce. Mais n'est-il pas significatif que les supercheries dont les deux rivaux sont victimes soient situées de manière exactement symétrique (acte II et acte IV) ? et que dans un cas Clorise se contente d'être spectatrice (acte II), tandis que dans l'autre (face à Lucidan) elle dirige le jeu ?

Le deuxième couple est composé d'*Isabelle* et de *Lisidor* :

---

109. Acte I, scène 1, v. 81-89.
110. Acte II, scène 1, v. 357 sq.
111. *Ibid.*, v. 361 sq.

animés l'un pour l'autre d'une passion sans faille, ils ne
songent qu'à se rejoindre, malgré un destin contraire dont
on mesure les effets durant les quatre premiers actes. On
ne les voit ensemble qu'à la dernière scène de la pièce ;
encore ne le sont-ils que très peu puisque la quasi-totalité
de la scène des retrouvailles est assurée par la pièce intérieure, et qu'*Isabelle* fait le récit de ses aventures non pas
directement à Lisidor, mais à son double scénique, Lucidan.
On notera qu'elle apparaît — régulièrement, pourrait-on
dire, dans une telle situation — travestie en cavalier, et
qu'elle conserve ce déguisement pour apparaître sur la scène
intérieure. Doit-on s'étonner que Brosse n'ait cherché à
exploiter aucune des possibilités offertes par ce procédé,
lui dont la dramaturgie repose pour l'essentiel sur la dialectique de l'être et du paraître ? Or, on remarque précisément
qu'il en a volontairement coupé d'avance tous les effets
(à l'exception du seul effet d' « agréable suspension » dont
nous avons parlé plus haut) [112]. En présentant à Lisidor
les acteurs de la « Comédie », Clarimond explique que c'est
sa « nièce » qui tient le rôle principal :

> Ainsi que son esprit, sa beauté la renomme,
> Et sa grande vertu fait qu'elle est bien en homme ;
> Aussi la verrons nous paroistre en Cavalier. [113]

Isabelle apparaît donc travestie (aussi bien sur le plan de
l'action principale que sur celui de l'action enchâssée qui
la double), parce que les spectateurs de l'époque n'auraient
pas compris qu'une femme qu'on prétend faire voyager
seule ne soit pas déguisée en homme. Pour le reste, il aurait
été sans intérêt que Lisidor hésitât sur le sexe de la jeune
fille, ou même qu'il la prît pour un homme. Au contraire,

---

112. L'entracte sépare le moment où l'on annonce qu'un cavalier
désire parler à Clarimond (fin de l'acte IV) et celui où l'on découvre
que ce cavalier est Isabelle (début de l'acte V). Durant cet intervalle
(important au XVIIᵉ siècle, pour des raisons matérielles), le public
devait s'interroger sur l'identité de ce personnage inconnu, tout
en se doutant bien, instruit par tant d'autres comédies et tragi-
comédies, que c'était Isabelle.
113. Acte V, scène 2, v. 1511-1513.

sachant qu'elle est une femme, il peut immédiatement reconnaître son Isabelle : et son doute portera donc sur la ressemblance entre cette actrice, nièce de Clarimond, qui joue le rôle d'Isabelle, et Isabelle elle-même, qui est morte.

Quant à *Lisidor*, son rôle ne se limite pas à contempler les mystifications dont sont victimes les autres ou à être le spectateur abusé de la dernière. Toute la comédie est construite sur la prétendue lutte contre sa mélancolie, et il faut étayer ce point de départ. Aussi Lisidor apparaît-il comme la figure même du *mélancolique*, sans pour autant qu'il soit jamais décrit comme fou : se complaisant dans le souvenir de ses malheurs, il refuse les « remèdes » de ses amis, réclame la solitude [114], se plaît à rappeler les images de l'accident fatal [115], et, enfin, ne goûte que l'évocation de l'horreur [116]. Indéfectiblement « malade » jusqu'à la réapparition de sa fiancée, il répète mécaniquement, à l'issue de chaque divertissement, que s'il s'est déridé un instant, il n'est pas guéri pour autant [117].

C'est *Clarimond* qui assure la présence sur la scène du deuxième groupe. Il est doté des qualités d'un père : sollicitude constante à l'égard du jeune malade, sagesse qui se traduit par sa réprobation de l'ivresse [118], défense de l'honneur de sa sœur; il est aussi le « gouverneur » du château, et il dispose de l'autorité morale nécessaire pour marier à la fin les deux couples d'amoureux. Or, s'il est présenté comme un frère et non comme un père, c'est que son personnage se caractérise aussi par un goût très nettement prononcé pour la facétie et l'illusion. Mais — et en cela il rejoint les autres personnages — ce ne sont pas ces quelques traits psychologiques qui le font agir : l'essentiel de son rôle réside dans sa fonction dramatique aux côtés de Lisidor, et, à travers elle, dans sa dimension symbolique.

---

114. Acte I, scène 1, v. 30-38.
115. Acte II, scène 3, v. 449-460.
116. Acte I, scène 3, v. 205-232.
117. Acte III, scène 1, v. 705-706 ; scène 2, v. 727-728 ; scène 7, v. 987-996 ; scène 7, v. 1037-1040 ; acte IV, scène 6, v. 1444-1449 ; acte V, scène 2, v. 1499-1502.
118. Acte I, scène 5, v. 341-348.

Viennent ensuite les comparses : *Ariston*, le « page » de Clarimond, participe bien quelquefois à l'organisation et à la représentation de spectacles ; mais il y a encore loin de son rôle, sans le moindre relief, à celui du valet inventif de la comédie à l'italienne. Ici l'invention est encore du côté du maître — qui figure, il est vrai, une métaphore autrement digne de l'auteur-metteur en scène.

L'autre comparse est *Du Pont*, le paysan : arrivé ivre dans la cour du château, il en repart dégrisé, après avoir servi de divertissement aux seigneurs ; autant dire qu'il se situe à l'extérieur des rapports entre les personnages principaux, et qu'il ne contribue en rien à la progression de l'action principale. Eu égard à l'importance de son rôle sur ce plan, la place qui lui est accordée apparaît d'autant plus considérable : il est le protagoniste de la dernière scène de l'acte I et de la totalité de l'acte III. Jusqu'à Brosse, ce personnage du paysan naïf n'avait jamais reçu autant d'attention, et nous verrions volontiers dans la place exceptionnelle accordée à ce correspondant français du *gracioso* espagnol la volonté de Brosse de retrouver en partie la formule du succès de *L'Illusion comique* : placer au milieu de la comédie un personnage extérieur à l'action, mais burlesque [119].

Lorsque l'on examine la construction de ce personnage, il faut faire une place à part à son rôle dans la scène 5 de l'acte I où il n'apparaît doté d'aucune des caractéristiques d'un paysan : il y sert seulement de support scénique au morceau de bravoure que constitue le long éloge du vin auquel s'est livré Brosse. Car si Brosse s'y est montré inspiré, Du Pont dispose d'un langage trop riche pour un paysan et d'un discours trop organisé pour un ivrogne au bord du coma éthylique. Ce n'est qu'à l'acte III qu'il apparaît avec tous les traits du paysan naïf — mis à part son discours encore un peu littéraire. Il est cette fois dégrisé, mais, placé dans une situation proprement *extraordinaire* (installé, vêtu, servi et traité comme un seigneur), il livre aux spectateurs

---

119. Nous faisons allusion, on l'aura reconnu, à Matamore, absent des actes I, IV et V de *L'Illusion*.

(fictifs et réels) toute la palette de ses réactions : description incrédule de son habit, explication de sa situation illusoire par la diablerie, terreur devant les visiteurs, décalage entre ses habitudes et les usages aristocratiques auxquels on veut le soumettre...

L'importance accordée à ce personnage au détriment du reste de l'action ne s'explique (plus encore que dans l'*Illusion comique*) que par la structure de la pièce : Du Pont constitue l'un des spectacles qui sont la matière même des *Songes*. A ce titre, il occupe la même place que Cléonte, qui fournit le premier spectacle, ou Lucidan, qui assure sans le savoir le troisième. C'est la raison pour laquelle les relations entre les jeunes gens n'évoluent pas : contrairement à tant d'autres pièces [120], les couples sont formés d'avance et ne se modifient pas. Cléonte est l'exclu et le reste : il n'est là que pour fournir le *spectacle* de l'exclu. Cette fonction remplie, il disparaît définitivement de la comédie. Lucidan au contraire est associé dès le début à Clorise : une fois installé dans ce rôle d'amant comblé, il n'apparaît plus en tant que tel, mais comme spectateur ou acteur des spectacles enchâssés, jusqu'à l'acte IV, où il devient, à son tour, le sujet du spectacle.

Remarquons, pour finir, que Lisidor n'est pas épargné par ce système particulier : son personnage de mélancolique inguérissable est à son tour mis sur la scène, lorsqu'à l'acte V il est dédoublé sur le petit théâtre par Lucidan redevenu simple acteur. N'en doutons pas : tous nos jeunes héros ne sont si bien codés, comme nous le faisions remarquer plus haut, que pour mieux servir de spectacle ensuite. Sans aller jusqu'à faire de Brosse une sorte de « dénonciateur » des personnages de la comédie préclassique, on peut, sans anachronisme, voir dans ces théâtralisations successives un certain souci de *distanciation*.

---

120. La plupart des pastorales, mais aussi beaucoup de comédies, au premier rang desquelles *Mélite*.

## 2. L'économie de la pièce

Que la notion de spectacle soit la clé des *Songes des hommes esveillez*, l'organisation d'ensemble de la pièce vient encore, s'il en était besoin, le confirmer. Nous avons vu que chacun des quatre derniers actes est ordonné autour d'un divertissement théâtral, qui peut même occuper la presque totalité de l'acte (acte IV) ; que les trois spectacles improvisés préparent la représentation de la « vraie » pièce de l'acte V, qui constitue une sorte d'apothéose. On doit constater d'autre part que la répartition des spectacles repose sur un savant équilibre, qui tient compte de la structure inhérente aux pièces en cinq actes du temps.

C'est au cinquième acte, l'acte du dénouement, qu'est réservée la représentation la plus élaborée : rideau, petit théâtre sur le grand théâtre, dédoublement complet avec mise en abyme, illusion totale. Spectacle du dénouement, il est précisément celui qui permet à la pièce de se dénouer en mettant en présence les deux amants séparés. Face à lui, si l'on peut dire, le premier acte, l'exposition, apparaît vide de divertissement. Il est centré sur la « mélancolie » de Lisidor, et, dans l'ensemble, sur la présentation des différents personnages. Mais, si l'on y prend garde, on découvre que la présentation du paysan Du Pont est théâtralisée par le regard que portent sur lui Clarimond et Ariston, et qu'il constitue déjà une manière de *petit spectacle* annonciateur de la suite, et contrepoids de l'enchâssement final.

Entre les deux, les trois mystifications, sur la répartition desquelles on ne manquera pas de s'arrêter. Il y a en effet un très net parallélisme entre les spectacles des actes II et IV. Dans les deux cas on se joue des amoureux de Clorise, et le jeu tient compte des relations de Clorise avec chacun de ces deux personnages : le premier spectacle n'est composé que d'un long monologue parce que Cléonte est l'amoureux repoussé et qu'il doit donner à voir son amour malheureux et sa solitude ; le second spectacle est, pour les raisons inverses, un dialogue entre Lucidan et Clorise.

Ces deux spectacles parallèles encadrent la grande « comédie » du troisième acte, le « gouvernement » du paysan Du Pont. C'est le divertissement à grand spectacle puisque Du Pont est entouré d'Ariston, de Lucidan, de Clorise et des valets de Clarimond qui, déguisés en diables, l'emportent aux enfers. Ainsi placé au centre de la comédie, et des autres spectacles, son ampleur en est encore rehaussée.

Brosse a incontestablement moins bien réussi dans l'organisation interne de ses enchâssements. Quoiqu'il se targue dans son Épître dédicatoire d'avoir respecté les unités, il faut espérer que spectateurs et lecteurs de l'époque n'y ont pas regardé de si près, se satisfaisant du respect évident de l'unité de lieu. Outre qu'il est déplacé de parler d'unité d'action pour une pièce qui repose sur l'éclatement de l'action, l'unité de temps apparaît particulièrement malmenée. Car si effectivement quelques heures seulement sont censées se dérouler entre l'acte I et la fin de l'acte V, il est difficile d'admettre que tant de spectacles ont pu être contenus en un laps de temps si bref.

La pièce commence vers la fin de l'après-midi, au retour de la chasse : les discussions de l'acte I, la partie de piquet et la « pièce » de l'acte II se déroulent avant le souper [121]. La nuit est toutefois depuis longtemps tombée puisque la supercherie dont est victime Cléonte doit son succès pour une large part au noir dans lequel il est plongé. Le deuxième spectacle est censé se passer après le souper : c'est du moins ce que l'on doit déduire du fait que le troisième se déroule à l'occasion du coucher de Lucidan et que le noir est toujours aussi intense [122]. On s'étonnera alors que les spectateurs puissent observer depuis une fenêtre du château le terrible réveil de Du Pont dans la « basse-cour » ; on s'étonnera

---

121. A la fin de l'acte II, Clarimond vient mettre fin au divertissement en invitant tout le monde à souper (scène 5, v. 670-672).

122. Voir les jeux de scène liés à l'obscurité (acte IV, scène 6, v. 1407-1413). Quant au deuxième spectacle, une remarque de Du Pont indique qu'il fait nuit : « Je trouve en plein midy des tenebres par tout » (acte III, scène 2, v. 735).

plus encore que Du Pont remarque à ce moment-là que
« le soleil est bien haut eslevé » [123].

Tout cela est bien confus et le devient plus encore à
l'acte V, avec l'arrivée d'Isabelle qui a lieu en pleine nuit,
juste après le tour joué à Lucidan. Dans la mesure où il
n'est guère concevable qu'on lui fasse attendre jusqu'au
lendemain pour la remettre en présence de Lisidor, il faut
supposer que le spectacle final prend place à la suite du
précédent ; ce qui est encore moins concevable. Or, précisément, Clarimond annonce à l'issue de la petite comédie
qu'il va écrire un message qu'il fera partir « à la pointe du
jour » [124]. Pour la satisfaction de l'esprit, on pourrait accepter
de croire que les deux derniers spectacles prennent place
au cours d'une deuxième soirée, ce qui ne contreviendrait
pas à l'unité de temps entendue au sens large. Mais rien
à la fin de l'acte III ni au début de l'acte IV ne le laisse
entendre : comment a-t-on distrait le mélancolique Lisidor
durant cette longue journée d'attente ?

Nous n'avons poussé si loin la démonstration que pour
souligner combien dans une telle pièce l'organisation externe
des spectacles compte plus que leurs rapports internes.
Tout étant soumis au principe du théâtre dans le théâtre,
la logique de la continuité de l'intrigue est tout à fait secon-
daire ; et il est probable que, dix ans plus tôt, Brosse se
fût targué d'une telle absence d'unité. En 1646, quand il
fait publier sa comédie, « l'esthétique du mélange, du changement et de la luxuriance », ainsi que J. Rousset définit
l'esthétique baroque [125], commence à battre en retraite
devant le succès de principes de cohérence et de vraisem-
blance : s'il n'est pas interdit d'écrire des œuvres comme
*Les Songes des hommes esveillez* — en 1675, au cœur de la
période classique, Thomas Corneille a fait représenter
*L'Inconnu* qui, par sa structure calquée sur celle des *Songes*,
est tout aussi composite — leurs auteurs doivent désormais
proclamer leur allégeance aux principes conquérants.

---

123. Acte III, scène 7, v. 1032.
124. Acte V, scène dernière, v. 1818-1819.
125. *Op. cit.*, p. 77.

### 3. *Discours et comique*

Tout dans une comédie n'est pas nécessairement comique ; ou, plus exactement, le discours dans une pièce comique peut s'infléchir vers le tragique sans que la pièce elle-même qui en est le support soit modifiée. Plus souvent encore, l'inclusion d'une tirade aux accents tragiques renforce le comique de la scène. Pour une large part le comique suscité par Brosse dans *Les Songes des hommes esveillez* découle de cette observation.

La pièce commence par un dialogue qui établit d'emblée une atmosphère de tristesse et de déréliction : Lisidor et Cléonte se racontent leurs malheurs respectifs, qui sont les pires que puissent supporter des jeunes gens amoureux. Or, dès la deuxième scène, l'heureux Lucidan succède à Cléonte auprès de Lisidor, et sa maîtresse Clorise le pousse à se lancer dans une tirade aussi « mélancolique » que celles de Lisidor, mais à laquelle son caractère supposé [126] et l'ironie non dissimulée de Clorise ôtent toute portée dramatique. Désormais, le spectateur (ou le lecteur) attentif ne pourra manquer de ressentir la distance qui sépare le contenu des discours dramatiques de leur environnement, et la longue tirade dans laquelle Lisidor réclame qu'on lui fournisse de l'horreur, alors que ses amis s'apprêtent à le divertir ne peut plus guère être reçue que comme un morceau de bravoure [127]. Et c'est un autre morceau de bravoure qui vient faire basculer définitivement le climat de la pièce : Du Pont, entré en scène à la dernière scène de l'acte, prononce avant de s'écrouler un étourdissant éloge du vin [128]. Éloge burlesque qui dégénère en une satire du sergent de ville, il fait rire les personnages qui en sont les spectateurs involontaires, et, par contrecoup, le public des *Songes*.

---

126. Clorise ayant mis en doute le courage de Lucidan à la suivre dans la mort, il s'efforce de lui démontrer verbalement le contraire (acte I, scène 2, v. 147-176).
127. Acte I, scène 3, v. 199-256.
128. Acte I, scène 5, v. 276-336.

Dès lors, aucune tirade tragique n'est plus crédible, et pour peu qu'elle soit débitée dans une situation comique, elle est destinée à en renforcer le caractère. Ainsi, à la scène 4 de l'acte II, Cléonte, à qui l'on fait croire que le château est en feu, proclame son angoisse, invoque la rigueur du sort, appelle la mort — sous les yeux des spectateurs fictifs qui s'amusent. Une fois qu'il est convaincu d'avoir rêvé, (soulignons ici les jeux de scène comiques liés à la disparition et à la réapparition de son lit), le jeu recommence avec les cris de Clorise : Cléonte se désespère de ne pouvoir la secourir, puis, l'entendant jouer aux cartes, met en doute sa raison, avant de faire le serment solennel de se détacher de Clorise dont la pensée l'entraîne à de telles extrémités. Comique de situation, assurément ; mais renforcé par le contraste entre le sérieux du discours et le rire difficilement contenu des spectateurs intérieurs [129].

Ce processus forme toute la matière comique du dernier spectacle. Rien de plus triste, en effet, que le récit prononcé par le double de Lisidor : histoire de sa rencontre avec Isabelle jusqu'au malheureux naufrage qui a ravi celle-ci, ce récit amènerait le public au bord des larmes si Lisidor, spectateur de ses propres malheurs, n'inversait la tendance en interposant ses cris indignés entre l'émetteur du discours et le public. Le rire est donc suscité non seulement par l'expression de la confusion de Lisidor, mais aussi et surtout par le décalage entre le contenu du discours et son contexte. On saisit ici encore l'une des conséquences du théâtre dans le théâtre : superposant au discours de l'action enchâssée celui de l'action principale, le procédé permet ainsi de susciter des distorsions génératrices de comique. Aussi paradoxal que cela puisse paraître, le malheur de Lisidor présenté comme un spectacle au même Lisidor déchaîne le rire du public — à condition toutefois que ce public soit par avance rassuré sur l'issue heureuse du destin de Lisidor, ce qui est le cas.

Autre ressort comique de la pièce : la dialectique de

---

129. LUCIDAN : « Je m'en vais éclatter » (v. 597).

l'illusion et du réel, déjà à l'œuvre dans les deux spectacles dont nous venons de parler, est seule en action dans la mystification de l'acte IV et vient s'ajouter au comique de situation pour provoquer le rire. Lucidan est ballotté sans cesse d'une situation réelle à une situation illusoire : Clorise est effectivement présente dans la chambre de Lucidan, mais parvient à lui faire croire qu'elle n'y était pas, avant de le persuader du contraire, et ainsi de suite. Elle apparaît réellement dans son « miroir de toilette », mais disparaît à temps pour qu'il croie avoir rêvé : « comique d'illusion » qui entraîne le comique de situation puisque Lucidan se met alors à fouiller sa chambre de fond en comble, avec l'espoir de découvrir qu'il n'a pas rêvé.

Comique d'illusion encore que l'état de seigneur dans lequel on a placé Du Pont au troisième acte. Mais, grâce à la nature du personnage central — un paysan ivre et non des gentilshommes —, ce comique peut dégénérer en burlesque. Et le burlesque est renforcé par la distance établie par le processus d'enchâssement : le public des *Songes* a sous les yeux deux spectateurs fictifs — Lisidor et Clarimond — qui sont de véritables gentilshommes, et qui, partant, font ressortir le caractère illusoire de la situation et du comportement du « paysan gentilhomme ». A quoi s'ajoutent leurs rires et leurs commentaires que le vrai public — s'il n'est déjà en train de rire — ne peut qu'imiter [130].

Générateur de réalisme, générateur d'illusion, générateur de comique, métaphore de l'activité théâtrale dans son ensemble, le procédé du théâtre dans le théâtre tel que Brosse l'a mis en œuvre dans cette comédie débouche sur une incontestable réussite.

#### 4. *La langue et le style*

Cette réussite tient aussi au style même de la comédie, que Brosse s'est constamment efforcé d'adapter aux diverses

---

130. LISIDOR : « Je n'ay jamais rien vu de plus divertissant » (acte III, scène 4, v. 844) ; CLARIMOND : « Je me trompe ou voici l'endroit où nous rirons » (scène 6, v. 959).

séquences de la pièce, comme on va le voir. Cette adaptation est d'autant plus frappante que le dramaturge, en revanche, n'a absolument pas fait porter son effort sur le langage lui-même. Ainsi, si l'on assiste à une transposition du parler paysan dans les scènes dont Du Pont est le héros, cette transposition concerne exclusivement le style. Point de termes populaires, familiers ou locaux (nous sommes dans la région de Bordeaux) qui auraient pu faire de Du Pont un prédécesseur du Gareau du *Pédant joué* ou du Pierrot de *Dom Juan*. Quant au groupe des honnêtes gens, sa langue est celle de la conversation mondaine, comme dans toutes les comédies de ce type. Simplement, on note des inflexions en fonction des situations et des personnages qui en sont le centre.

C'est ainsi que Lucidan et Cléonte doivent à leur statut d'amoureux de Clorise d'orner leurs discours des poncifs du langage galant. Et c'est évidemment le moins heureux des deux, Cléonte, qui en est le plus affecté. Lorsqu'au premier acte il explique à Lisidor ses sentiments pour Clorise, tout y passe : affirmations grandiloquentes, métaphores, hyperboles [131]. On atteint à l'outrance dans son face à face avec Clorise, où son discours est à peu près complètement constitué par une suite d'antithèses galantes :

> Je reçoy le trépas d'où j'attendois la vie,
> L'obscurité me vient d'où j'esperois le jour,
> Et je trouve la haine où je cherchois l'Amour.
> Vous qui causez mes maux, adorable Clorise,
> Au lieu de vous blasmer, mon cœur vous autorise.
> Je suis si puissamment épris de vos beautez
> Que j'ayme tout de vous, jusqu'à vos cruautez. [132]

On pourrait croire, à lire la réponse de Clorise (« Quelque beau sentiment que l'Amour vous inspire, / Cléonte, assurez-vous que je n'en fay que rire » : v. 369-370), qu'il y a de la part de Brosse quelque intention parodique. Ce serait ne pas compter avec toutes les tirades de ce type

---

131. Lire les vers 49-50 et 53-64.
132. Acte II, scène 1, v. 358-364.

qui remplissent les comédies de l'époque, ni avec les nombreuses héroïnes cruelles et ironiques qui correspondent à Clorise. On a même l'impression que Brosse est prisonnier de cette langue de la galanterie, lorsqu'on voit que même « le triste Lisidor » ne peut s'empêcher de faire des pointes en présence de Clorise (v. 392, 401-402).

Mais l'on se prend à s'interroger sur les véritables intentions de Brosse à la lecture des scènes enchâssées. Nous avons expliqué dans le développement précédent que le comique des *Songes des hommes esveillez* provient pour une large part du contraste entre le discours des personnages dont on se joue et leur situation d'acteurs involontaires de spectacles auxquels assistent les autres personnages. Les déclarations galantes ne sont pas épargnées par les conséquences de ce processus.

Au beau milieu de l'embrasement fictif du château dont on persuade Cléonte, Clorise vient l'appeler à son secours à travers la porte de la chambre, ce qui provoque la tirade suivante :

> Doux martyre des cœurs, beau supplice des ames,
> Clorise, est-ce donc vous que poursuivent les flames ?
> Respondez moy, Madame ! & souffrez que vos yeux
> Chassent l'obscurité qui regne dans ces lieux.
> Faites que je vous voye & que dans ce rencontre,
> En vous tirant du feu, mon feu secret se montre. [133]

Le jeu se reproduit à l'acte IV, Lucidan ayant simplement remplacé Cléonte sur le devant de la scène. Quoique le passage soit beaucoup plus court, l'intervention de Clorise le rend particulièrement ironique, en coupant Lucidan au tout début de son élan :

> LUCIDAN
> Beau sujet...
> CLORISE
>      Parlez bas, que mon frère n'écoute.

---

133. Acte II, scène 5, v. 557-562.

LUCIDAN
Beau sujet de ma flame, objet delicieux,
Mon ame pour vous voir est toute dans mes yeux. [134]

Enfin, on sera totalement convaincu des intentions paro-
diques de Brosse lorsque l'on saura qu'il a fait courtiser
Clorise par son paysan (contraint et forcé), lui faisant
débiter force « galanteries rustiques » [135] (sur lesquelles
nous reviendrons), qui ruinent par contrecoup le sérieux
apparent des autres.

$$* \atop * \, *$$

Beaucoup plus important que le style de la galanterie
nous paraît ce que l'on peut appeler la *rhétorique de l'illusion*.
*Les Songes des hommes esveillez* épuisent complètement le
champ lexical développé autour de l'oxymore qui constitue
le titre de la pièce.

Tout commence au milieu de l'acte II, avec la première
mystification dont Cléonte est la victime. A sa suite, Du Pont,
Lucidan, et Lisidor, dont on se moque tour à tour, mani-
festent leur incompréhension devant les événements qu'ils
ne sont pas en mesure de comprendre par le vecteur de cette
rhétorique. Au terme de ses premières frayeurs, Cléonte
fait réflexion sur ce qu'il vient de lui arriver :

Je sçay que le sommeil, dans ces impressions,
Se regle à nos humeurs, & suit nos passions,
Qu'il s'accomode au temps, aux personnes, aux âges,
Qu'un vieillard songera des eaux et des naufrages,
Un jeune homme des jeux, & que les vrays Amants
Se figurent des feux & des embrasements.
Cleonte, asseurement, ce n'est qu'un mauvais songe ;
Ton oreille, en ce point, a commis un mensonge.
Ce tumulte, ce feu, ces cris & ton transport,
En un mot la frayeur vient de son faux rapport.

---

134. Acte IV, scène 4, v. 1112-1114.
135. Expression empruntée à R. Guichemerre (*La Comédie avant
Molière*, p. 281 et 291).

Ton jugement, fondé dessus un vain fantosme,
S'est formé des escueils & des monts d'un atome. [136]

*Sommeil, songera, se figurent, (mauvais) songe, mensonge, faux
(rapport), vain fantosme* : on voit que la rhétorique de l'illusion s'exprime en suivant une trame serrée. Cette tirade
est bien loin de mettre en œuvre la totalité du stock lexical
que suppose l'expression de la dialectique de l'être et du
paraître. Quelques vers plus loin seulement, accompagnant
le retour des événements inexplicables, apparaissent d'autres
vocables : *resverie* (525), *m'esclaircir (sur ce cas)* (532), *endormy*
(534), *resvé-je ou si je veille* (534), *charme* (536). Plus loin encore :
*jugement bien sain* (572), *maladie qui figure des jeux* (574), *je
n'en sçaurois douter, et n'en puis croire rien* (579), *je suis insensé*
(586), *ma confusion* (588), *l'excès du trouble où je me plonge*
(589), *j'extravague* (590), *doute* (593), *enchantement* (599),
*pur visionnaire* (602), *je resve en veillant* (603), *laisse flotter
mon ame* (606), *erreurs* (607), *troublé l'imagination* (608), *la
raison endormie* (609).

Comme on peut s'en douter, la thématique de l'illusion
s'accompagne de son contraire : l'expression du retour
à la raison et à la certitude. Le champ lexical en est beaucoup
moins riche, d'une part parce que ce type de situation
est moins développé que l'autre (étant dépourvu d'effet
sur le spectateur ou sur le lecteur), d'autre part parce qu'il
est constitué pour une large part par la formulation néga-
tive du champ lexical de l'illusion. On le découvre sans
peine à la lecture de la tirade suivante :

CLEONTE [à Clorise et Lucidan qui feignent d'être dérangés
dans leur partie de piquet par ses cauchemars]

Non, non ! ne sortez pas ! ma veüe est *dessillée*,
Mon esprit *esclairé*, ma raison *esveillée* !
Madame, demeurez : je *ne* resveray *plus*
A ces trompeux objets qui me sont apparus,
Et dont le vain fantosme offert à ma pensée
A fait que dans le jeu je vous ay traversée. [137]

---

136. Acte II, scène 4, v. 503-514.
137. Acte II, scène 5, v. 649-654. Nous soulignons.

Si cette rhétorique de l'illusion est moins développée dans les rôles de Du Pont [138] et de Lisidor [139], le premier ne doutant pas un instant d'avoir été transporté en enfer, le second n'ayant guère la parole en raison de sa position de spectateur du dernier enchâssement, elle est tout aussi présente, et, même plus longuement exprimée, dans la longue tirade de Lucidan à l'acte IV. Nous ne reprendrons pas ici une énumération qui ne ferait que doubler celle que nous avons effectuée à propos du discours de Cléonte. Notons simplement que le personnage exprime son trouble à partir du vers 1164 et qu'il ne s'apaise qu'au vers 1442, et que quelques éléments du champ lexical de l'illusion, absents des déclarations de Cléonte, font ici leur apparition :

> Sa parole à la fois me charme et m'espouvante.
> *Image*, *ombre*, fantosme, *idole*, *illusion*,
> Agreable sujet de ma confusion,
> Ne conçoy pas l'espoir que je te favorise. [140]

Signalons, pour terminer, que la dialectique de l'être et du paraître ne se résout pas seulement sur le plan lexical. Elle est, ici ou là, l'occasion de tirades particulièrement enlevées, et permet même quelquefois le développement d'une véritable fantaisie verbale (pour reprendre l'expression de R. Garapon). Qu'on en juge :

> LUCIDAN [à Clorise]
> Mais comment pouvez-vous estre en un mesme instant,
> Sur une chaise, au lict, dévestüe, habillee,
> Icy, dans vostre chambre, endormie, esveillee,
> Parler, ne dire mot, me voir, ne me voir pas,
> Estre absente de moy, marcher dessus mes pas,
> Tomber dessous les sens, & n'estre pas sensible ?

---

138. Acte III, scène 2, v. 755-764 : on retrouve, ou on découvre, dans ces dix vers les termes suivants : *enchanterie* (758), *illusion* (759), *confusion* (760), *des biens qui n'ont que l'apparence* (762), *vent* (763), *vapeur* (763), *lustre et éclat trompeur* (764).
139. Acte V, scène 5, v. 1684 et 1688.
140. Acte IV, scène 6, v. 1268-1271. Nous soulignons.

Clorise, cet accord n'est-il pas impossible ?
Et n'est-ce pas à tort que vous vous promettez
De me persuader ces contrarietez ? [141]

\*\*

Aux deux formes de comique sur lesquelles nous avons
mis l'accent dans le développement précédent, comique de
situation et comique d'illusion, s'ajoute, toutes les fois
qu'apparaît le paysan Du Pont, un comique verbal dont la
saveur concourt largement à la réussite que représentent à
nos yeux *Les Songes des hommes esveillez*. Certes, on n'atteint
pas les sommets de fantaisie stylistique qu'était le rôle de
Matamore et que sera bientôt celui de Don Japhet [142].
Point d'accumulation, ni de termes exotiques ou d'expressions du terroir, point de création de mots fantaisistes. Le
langage de Du Pont est dans l'ensemble très organisé, et
souvent très littéraire pour un personnage de paysan. Par
ailleurs Brosse a manifestement évité de suggérer la moindre
comparaison entre son paysan et le Sancho Pansa de la
trilogie de Guérin de Bouscal : à quelques rares expressions
près, les proverbes sont absents du discours de Du Pont [143].

En fait, nous l'avons déjà indiqué, Brosse a composé
deux Du Pont : un Du Pont ivrogne et apologiste du vin
(et fort peu paysan) qui apparaît à la fin de l'acte I ; le paysan
Du Pont qu'on transforme en seigneur, mais qui se croit
aux enfers, à l'acte III. Ces deux manifestations d'un même
personnage ne s'expriment pas de la même manière.

Sa première apparition elle-même ne présente pas d'unité :
après une courte entrée en matière destinée à nous présenter
le personnage, se développe l'éloge du vin sur une cinquan-
taine de vers [144], à peine interrompu par quelques remarques

---

141. *Ibid.*, v. 1282-1290 (voir le sens de *contrariété* au lexique).
142. *Don Japhet d'Arménie* de Scarron a été représentée en
1646 ou en 1647 et publiée en 1653 (cf. l'édition de R. Garapon,
S.T.F.M., 1967).
143. V. 723-724 : « Et puis un vigneron / N'est qu'un sot en son
art, s'il n'est bon biberon. »
144. Acte I, scène 5, v. 276-326.

de Clarimond (six vers seulement). Ensuite l'ivrogne commente son vertige pendant dix vers avant de s'écrouler.

L'éloge lui-même comprend deux parties. Dans un premier temps, il permet de caractériser le personnage lui-même (v. 276-288) : opposition entre une apostrophe grandiloquente[145] et une justification on ne peut plus inattendue[146] ; comparaison « rustique » du vin avec le cidre et la bière[147] ; pulvérisation naïve, mais irréfutable, de la conception traditionnelle du système solaire, répandue par les Almanachs[148]. Pas de doute, le personnage est bien le paysan que l'on vient de nous annoncer. Puis le discours s'infléchit avec le début « officiel » de l'éloge :

> Syrop delicieux que nous donne la vigne,
> Je te veux honnorer de quelque éloge insigne,
> Je veux dire les biens que te doit l'univers
> Et publier partout tes miracles divers.[149]

Suit l'énoncé de ces « miracles divers », qui n'a rien de comique ni de rustique, et qui s'apparente aux éloges classiques du genre, débouchant sur les rapports entre l'ivresse et la poésie ![150] Alors seulement se déploie la verve de Brosse : l'illustration de la hardiesse procurée par le vin est prétexte à une variation sur le Sergent de ville particulièrement inspirée et remarquablement enlevée, au moyen d'une accélération du rythme que ne laissait pas présager le pompeux début[151]. Il est de fait que Brosse a pris soin de composer ce morceau : à ce pompeux début dont nous

---

145. V. 276 : « O liqueur des liqueurs, ô breuvage divin ».
146. V. 277 : « Ta vertu peut tirer un homme de la biére » ; manière de dire que le vin peut rappeler un homme de la mort à la vie.
147. V. 279-280 : le vin est au cidre et à la bière ce que les perdrix sont au bœuf (la viande de perdrix à la viande de bœuf).
148. V. 285-288.
149. V. 293-296.
150. V. 297-306. « Enfin tu fais, dit-on, composer de bons vers, / Et le meilleur Poëte est lent à la besongne / S'il n'a premierement enluminé sa trongne. » (v. 304-306).
151. V. 307-316.

venons de parler fait écho un envoi dérisoire qui, en s'accordant avec la personnalité du locuteur, confère rétrospectivement un caractère burlesque à tout le passage :

> Ciel ! si pour m'accorder un bon-heur tout complet,
> Les nourrices avoient du vin au lieu de laict,
> Je proteste du jour la flambante chandelle
> Qu'on me verroit bien-tost reprendre la mamelle. [152]

Ces quatre vers constituent en même temps la transition avec la dernière partie de la scène où l'on retrouve le paysan ivre et comique du début qui, au bord de l'effondrement, décrit à sa façon ses vertiges et porte sur ce qui l'entoure un regard transfigurateur. Notons ici encore une accélération du rythme au moyen d'une juxtaposition de phrases simples et courtes [153].

Dans sa deuxième apparition, à l'acte III, la figure de Du Pont présente beaucoup plus d'unité : elle n'est plus que celle du paysan naïf, superstitieux et peureux, proche parent du *gracioso* espagnol. De fait, il dispose d'un langage plus approprié à son état. Mais si, comme nous l'avons annoncé plus haut, son discours ne repose ni sur les procédés traditionnels de fantaisie verbale (certains pouvant donner une couleur « rustique »), ni sur quelque forme de réalisme burlesque à la Gareau ou à la Pierrot, de quelle manière Brosse est-il parvenu à susciter en nous cette impression que le parler de Du Pont est conforme — et cela, de manière comique — à son état ?

La réponse nous est donnée par le texte lui-même, grâce au commentaire que permet la technique du théâtre dans le théâtre. Au milieu du premier monologue de Du Pont, consécutif à son réveil dans la chambre du seigneur, Lisidor et Clarimond constatent :

> LISIDOR
> Il orne son discours d'estranges métafores.

---

152. V. 323-326.
153. V. 327-336.

CLARIMOND
Il en dira tantost de meilleures encore. [154]

Que Brosse ait pris la peine de le faire souligner par l'intermédiaire de ses personnages est assurément la preuve qu'il voit dans ces « métafores » sa trouvaille la plus originale. Car si le reste de cette tirade de Du Pont ne manque ni de comique, ni de « rusticité » (lorsqu'il compare notamment ses nouveaux habits au grossier vêtement dont il était vêtu la veille [155], ou qu'il s'étonne de ce qu'il existe des feutres plus fins que le poil de lapin [156]), ce sont les métaphores et les comparaisons qui méritent de retenir l'attention.

Voici les métaphores par lesquelles Du Pont désigne les gants blancs, les bottes qui lui montent jusqu'aux genoux et les éperons dont il se voit affublé (v. 749-752) :

Quoy de plus ? j'ay les mains dedans d'autres mains blanches.
Le Seigneur de mon Bourg n'est pas mieux les Dimanches,
Tout suit, rien ne me manque, & si je voy bien clair,
J'ay des chausses de cuir & des ergots de fer.

On aura remarqué que les métaphores sont utilisées pour qualifier exclusivement les parties de son accoutrement qui ne correspondent à rien de ce qu'il connaît, à la différence du reste de la revue à laquelle il se livre, qui concerne des éléments vestimentaires simplement plus beaux que ceux dont il a l'habitude.

A vrai dire, contrairement aux assurances de Clarimond, ces « étranges métaphores » ne sont pas si courantes dans le discours de Du Pont : tout au long de la longue scène suivante (sc. 4), elles en sont absentes, parce que c'est Lucidan et Ariston qui parlent, plus que Du Pont acculé à la défensive devant ceux qu'il prend pour des diables. Cela n'empêche pas quelques trouvailles d'un esprit assez proche, qui consistent à faire dire à Du Pont qu'un petit Ange est un

---

154. Acte III, scène 2, v. 753-754.
155. V. 737-746.
156. V. 747.

« Angelot de Brie » (c'est-à-dire un fromage) [157] ou à lui faire raconter la bataille de Rocroy à l'aide de ses souvenirs de pillages de fermes [158].

C'est à la scène 5 que reviennent les métaphores et les comparaisons rustiques (v. 923-930) :

> Madame, vous avez des cheveux de fin lin,
> Le front sans un seillon, & le nez aquilin,
> Vos jouës en tout temps sont de roses jonchées,
> Vos dents sont en bon ordre & des mieux emmanchées
> Votre bouche est mignarde & vos devis plaisans,
> Vos yeux que j'oubliois sont deux beaux vers luisans,
> Votre gorge est de laict, & vos tetons encore
> Sont plus beaux que le py de nostre jeune taure.

R. Guichemerre qui a étudié ce passage [159] note que le comique de la tirade ne vient pas seulement de ce que ce métaphores sont adressées à une « demoiselle » : à côté de ces comparaisons « rurales », « des métaphores consacrées, comme un teint ' de roses ' ou une gorge ' de lait ', reprennent leur sens rustique, au milieu des autres. » Brosse s'est plu à pousser plus loin encore ce jeu rhétorique, jusqu'à la limite de l'artificiel, comme le remarque R. Guichemerre [160], sans pour autant que le comique soit rompu, bien au contraire :

> Vos yeux ont enflamé la paille de mon ame,
> Et si vous n'arrestez leurs violents efforts,
> Ils reduiront en feu la grange de mon corps. [161]

Notons pour terminer que le comique n'est pas seulement produit par la « naïveté » des compliments de Du Pont. Il faut voir aussi dans ce passage « la parodie du blason féminin encore en vogue » [162] pour comprendre comment les contemporains recevaient cette déclaration burlesque.

---

157. V. 842 ; voir la note correspondant à ce vers.
158. Pillages dont il fut la victime, comme tant de paysans au XVIIe siècle : v. 896-900.
159. *La Comédie avant Molière*, p. 291.
160. *Ibid.*
161. V. 934-936.
162. Comme l'explique R. Horville (art. cit., p. 116).

\*\*\*

Quelques remarques, avant de clore cette section, sur le langage dramatique des *Songes des hommes esveillez*, parfait miroir de la structure de la comédie où se juxtaposent des éléments d'un esprit très différent à l'origine qui s'harmonisent par les vertus de la technique du théâtre dans le théâtre.

Ainsi ne découvre-t-on aucune règle dans l'organisation des monologues et des dialogues. Les monologues sont très nombreux, sans que cela puisse être considéré comme une manifestation d'archaïsme : les supercheries dont sont victimes les personnages nécessitent qu'ils accompagnent ces événements stupéfiants de commentaires. Outre que Brosse en a profité pour mettre l'accent, verbalement, sur la dialectique être-paraître, de tels commentaires constituent toute la différence entre une scène de farce ordinaire et une mystification élaborée par un « Autheur » de cette période. Nous ne voulons pas dire que tous les monologues que comportent *Les Songes* sont ainsi prémédités : on distingue le souci d'un auteur obscur, et, partant, dépendant du bon vouloir des comédiens, de satisfaire à leurs exigences.

C'est pourquoi, tout autant que les monologues, les longues tirades abondent. C'est particulièrement frappant au dernier acte au cours duquel le personnage d'Isabelle fait seulement son entrée : Brosse lui fait prononcer une tirade de soixante vers ! [163]

Inversement, quand il le faut, le dialogue est d'une rapidité tout à fait remarquable, comme on le voit à l'acte III. De la scène 3 à la scène 6 (v. 777-982), les répliques de plus de quatre vers sont extrêmement rares : on n'en compte guère que cinq ou six, dont la longueur s'échelonne de cinq à dix vers [164]. Aussi longtemps que dure cet enchâsse-

---

163. Scène 5, v. 1711-1770.
164. Une de dix vers (827-836), une de neuf (922-930), une de huit (881-888), une de sept (807-813), une de six (821-826), deux de cinq (846-850 et 896-900).

ment burlesque, le rythme moyen est de une réplique pour
deux vers. Le contraste avec les quarante vers du monologue
(lui-même burlesque) de Du Pont à la scène précédente [165]
n'en est que plus frappant. Ce qui devrait achever de nous
convaincre de la souplesse du talent de Brosse.

## VI. — LE TEXTE DE LA PRÉSENTE ÉDITION

Il n'existe qu'une seule édition des *Songes des hommes
esveillez*, exécutée en 1646 par la veuve du libraire Nicolas
de Sercy. En voici la description :
4 ff. non. ch. [1-1 bl-6]-132 p. ; in-4°.

(1) : LES / SONGES / DES HOMMES / ESVEILLEZ /
COMEDIE / *DE Mr BROSSE* / (Vignette) / A PARIS, / Chez
la vefve NICOLAS DE SERCY, au Palais, / en la salle Dauphine,
à la Bonne Foy Couronnée. / M. DC. XXXXVI. / *AVEC PER-
MISSION.*

(2) : verso blanc.

(3-6) : épître dédicatoire.

(7) : épigramme signé DE St GEORGES.

(8) : liste des personnages (« LES ACTEURS »).

— 132 pages : le texte de la pièce, précédé d'un rappel du titre
en haut de la première page (en dessous d'un bandeau gravé
sur bois), et suivi, en bas de la dernière page, du permis d'imprimer,
ainsi que d'une courte rubrique intitulée *FAUTES D'IMPRES-
SION* (quatre *errata*).

Nous avons consulté tous les exemplaires disponibles
à la Bibliothèque Nationale et à la Bibliothèque de l'Arsenal [166]. Un seul [167] présente des corrections manuscrites.

---

165. Scène 2, v. 729-772, artificiellement interrompus par les
deux répliques de Lisidor et de Clarimond (v. 753-754) qui se situent
sur le plan de l'action principale.

166. Deux exemplaires à la B.N. : Yf 655 et Rés. Yf 723. Trois
exemplaires à l'Arsenal : un ex. séparé (Rf 5. 677) ; un ex. auquel il

Il s'agit d'un exemplaire marqué du chiffre de Gaston d'Orléans et relié avec *Hypolite* de Gabriel Gilbert (1647). La première concerne une didascalie qui aurait dû prendre place après le vers 337 (acte I, scène 5) et que l'imprimeur a placé à la hauteur du vers 373 (acte II, scène 1). La deuxième correction porte sur une rubrique de scène qui indique par erreur la présence du personnage de CLORISE au lieu de celui de LISIDOR (acte III, scène 1).

Mais cet exemplaire, pas plus que les autres, ne corrige l'erreur de pagination qui après la page 88 numérote 83-90 (feuillet M) ; la numérotation reprend correctement à la page 97, c'est-à-dire au commencement du feuillet N.

De même, toutes les leçons manifestement incorrectes (relativement peu nombreuses pour l'époque) apparaissent dans chacun des exemplaires consultés. Nous nous sommes bien évidemment livré à toutes les corrections nécessaires et nous les avons signalées en note. Brosse lui-même paraît s'être livré à une rapide correction du dernier tirage, puisqu'il a fait ajouter à la fin du livre, au-dessous du permis d'imprimer, une rubrique intitulée FAUTES D'IMPRESSION : quatre fautes seulement sont signalées, mais elles sont parmi les plus importantes [168].

Pour l'établissement du texte, nous nous sommes contenté de suivre la leçon de l'unique édition des *Songes des hommes esveillez*. Nous nous sommes toutefois livré à quelques rectifications qui nous ont paru indispensables pour une parfaite intelligence du texte.

En premier lieu, nous avons modernisé la ponctuation : excessive en de nombreux endroits, puisque souvent elle sert à marquer l'hémistiche ou la fin d'un vers (et même les deux) au détriment du sens et de la construction grammaticale ; elle n'a jamais la précision de la ponctuation moderne. Aussi avons-nous supprimé purement et simplement de

manque couverture, page de titre, et les trois autres ff. non ch. (Rf 5. 678) ; un ex. relié avec les deux premières œuvres dramatiques de Brosse, *La Stratonice* et *Les Innocens coupables* (4° BL 3507).

167. Conservé à la Réserve de la B.N. (Rés. Yf 723).

168. Voir les notes des vers 47, 360, 568 et 793.

nombreuses virgules, en avons-nous remplacé d'autres par des ponctuations fortes, multiplié les deux points, les points d'exclamation ou d'interrogation toutes les fois que le sens le réclame.

Ensuite nous avons apporté les modifications traditionnelles aux usages typographiques qui peuvent gêner le lecteur d'aujourd'hui. Nous avons distingué *i* et *u* voyelles de *j* et *v* consonnes, conformément à l'usage moderne. De même nous avons supprimé le tilde que de Sercy et tous ses confrères employaient souvent (mais pas systématiquement) pour indiquer la nasalisation d'une voyelle.

Nous avons aussi corrigé, ajouté ou retranché certains accents : en particulier pour distinguer *où* relatif et *ou* conjonction, *à* préposition et *a* auxiliaire... Enfin, nous avons amendé un certain nombre de leçons manifestement incorrectes, soit sur le conseil de Brosse lui-même, soit lorsque la leçon nous a paru aller contre la grammaire ou la versification.

Suivant l'usage, nous avons mis les indications scéniques entre parenthèses.

La comédie est entièrement écrite en alexandrins, à l'exception de deux passages en octosyllabes : un poème lu par Lucidan (qui comprend cependant deux alexandrins) [169], et une lettre lue par Clarimond (qui fait alterner alexandrins et octosyllabes) [170].

# VII. — BIBLIOGRAPHIE

Il n'est pas possible de dresser ici une bibliographie complète. Nous nous contentons donc d'indiquer les ouvrages qui nous paraissent essentiels pour une parfaite compréhension de la pièce.

---

169. Acte IV, scène 3, v. 1093-1102.
170. Acte V, scène dernière, v. 1799-1808.

## 1. *Concernant la langue, la style et la versification*

BAR Francis, *Le Genre burlesque en France au XVII⁰ siècle. Étude de style*, Paris, D'Artrey, 1960.

BRUNOT Ferdinand, *Histoire de la langue française des origines à 1900*, vol. II et III, Paris, A. Colin, 1909.

*Dictionnaire de l'Académie Françoise*, Paris, J. B. Coignard, 1694, 2 vol. (rééd. Genève, Slatkine Reprints, 1968).

FAVRE DE VAUGELAS, *Remarques sur la Langue Françoise*, Paris, J. Camusat et P. Le Petit, 1647 ; Fac-Simile de l'édition originale par J. STREICHER, Paris, 1934 (rééd. Genève, Slatkine Reprints, 1970).

FURETIÈRE Antoine, *Dictionnaire universel contenant généralement tous les mots françois tant vieux que modernes et les termes de toutes les sciences et les arts*, La Haye-Rotterdam, A. et R. Leers, 1690, 3 vol. (rééd. Paris, Le Robert, 1978).

GARAPON Robert, *La Fantaisie verbale et le comique dans le théâtre français*, Paris, A. Colin, 1957.

HAASE A., *Syntaxe française du XVII⁰ siècle. Nouvelle édition traduite et remaniée par M. Obert*, Paris, Delagrave, s.d. (nouvelle édition, 1975).

HUGUET E., *Dictionnaire de la langue française du XVI⁰ siècle*, Paris, Champion, puis Didier, 1925-1967 (7 vol.).

LARTHOMAS Pierre, *Le Langage dramatique, sa nature, ses procédés*, Paris, A. Colin, 1972.

RICHELET Pierre, *Dictionnaire François contenant les mots et les choses, plusieurs nouvelles remarques sur la langue françoise... avec les termes plus connus des arts et des sciences*, Genève, J.-H. Widerhold, 1630, 3 vol. (rééd. Genève, Slatkine Reprints, 1970).

SOURIAU Maurice, *L'Évolution du vers français au XVII⁰ siècle*, Paris, Hachette, 1893.

## 2. *Concernant l'histoire des genres et des formes dramatiques*

GUICHEMERRE Roger, *La Comédie avant Molière*, Paris, A. Colin, 1972.

LANCASTER Henry Carrington, *A History of French Dramatic Literature in the Seventeenth Century*, Baltimore, The John Hopkins Press, Paris, P.U.F., 1929-1942 (Part. I et II, 1929-1932).

SCHERER Jacques, *La Dramaturgie classique en France*, Paris Nizet, 1950.

à quoi nous ajouterons les plus importants articles de R. LEBÈGUE réunis en deux volumes intitulés :

LEBÈGUE Raymond, *Études sur le théâtre français*, Paris, Nizet, 1977-78.

### 3. Concernant les conditions de la représentation théâtrale, le public, ainsi que l'histoire des salles et des troupes

LANCASTER Henry Carrington, *Le Mémoire de Mahelot, Laurent et autres décorateurs de l'Hôtel de Bourgogne et de la Comédie-Française au XVIIe siècle*, Paris, Champion, 1920.

LAWRENSON Thomas E., *The French Stage in the Seventeenth Century ; A Study in the Advent of the Italian Order*, Manchester, Manchester University Press, 1957.

MÉLÈSE Pierre, *Le Théâtre et le public à Paris sous Louis XIV* (1659-1715), Paris, Droz, 1934.

MONGRÉDIEN Georges, *Dictionnaire biographique des comédiens français du XVIIe siècle*, Paris, C.N.R.S., 3e éd. rev. et augm., 1981.

MOREL Jacques, « Le Théâtre français », in *Histoire des spectacles*, Encyclopédie de la Pléiade, Paris, Gallimard, 1965.

On se reportera aussi aux ouvrages de S.-W. DEIERKAUF-HOLSBOER sur *Le Théâtre du Marais* (Paris, Nizet, 1954-1958), *Le Théâtre de l'Hôtel de Bourgogne* (Paris, Nizet, 1968-1969), ainsi que :

DEIERKAUF-HOLSBOER Sophie-Wilma, *L'Histoire de la mise en scène dans le théâtre français à Paris de 1600 à 1673*, Paris, Nizet, 1960.

### 4. Concernant l'esthétique de la littérature et du théâtre.

BRAY René, *La Formation de la doctrine classique en France*, Paris, Hachette, 1927.

CHAMBERS ROSS, *La Comédie au château. Contribution à la poétique du théâtre*, Paris, J. Corti, 1971.

DALLENBACH Lucien, *Le Récit spéculaire. Essai sur la mise en abyme*, Paris, Seuil, 1977.

DUBOIS Claude-Gilbert, *Le Baroque. Profondeurs de l'apparence*, Paris, Larousse, 1973.

MAZOUER Charles, *Le Personnage du naïf dans le théâtre comique du Moyen Age à Marivaux*, Paris, Klincksieck, 1979.

OROZCO-DIAZ Emilio, *El Teatro y la teatralidad del Barroco*, Barcelona, ed. Planeta, 1969.

ROUSSET Jean, *La Littérature de l'âge baroque en France, Circé et le Paon*, Paris, J. Corti, 1954.

Et, parmi les très nombreux articles parus,

VILLIERS André, « Illusion dramatique et dramaturgie classique », *XVII<sup>e</sup> siècle*, n° 73, 1966, p. 3-35.

### 5. *Concernant le procédé du théâtre dans le théâtre*

Outre deux thèses américaines, introuvables en France, de R. J. NELSON et de J. D. VEDVIK (seule la première présente un réel intérêt ; elle a d'ailleurs été publiée, sous une forme notablement abrégée — tout en étant augmentée d'études sur des dramaturges non français), signalons une thèse allemande de A. MERSMANN, qui consiste en l'analyse d'une dizaine de pièces. On trouvera les références précises à ces trois études dans la bibliographie de notre livre :

FORESTIER Georges, *Le Théâtre dans le théâtre sur la scène française du XVII<sup>e</sup> siècle*, Genève, Droz, 1981.

NELSON Robert James, *Play within a Play. The Dramatist's Conception of his Art ; Shakespeare to Anouilh*, New-Haven, Yale University Press, Paris, P.U.F., 1958.

On se reportera aussi au numéro spécial de la *Revue des sciences humaines*, t. XXXVII, n° 145, janvier-mars 1972 qui comportent de très importants articles spécialisés (Corneille, Molière, Rotrou, Shakespeare) de M. FUMAROLI, J. FUZIER, A. MICHEL, J. MOREL, M. GRIVELET, ainsi que le seul article publié à ce jour sur *Les Songes des hommes esveillez* :

HORVILLE Robert, « Les niveaux théâtraux dans *Les Songes des hommes esveillez* de Brosse (1646) » (p. 115-124).

Mentionnons enfin deux articles importants :

BROWN Arthur, « The Play within a Play. An Elizabethan Dramatic Device », *Essays and Studies* 1960, London, John Murray, 1960.

JACQUOT Jean, « ' Le théâtre du monde ' de Shakespeare à Calderon », *Revue de Littérature Comparée*, t. XXXI, n° 3, juillet-septembre 1957, p. 341-372.

Pour tous les autres articles, on se reportera à la bibliographie de notre livre, *Le Théâtre dans le théâtre*, déjà cité.

Signalons, pour finir, la seule étude publiée concernant l'ensemble du théâtre comique de Brosse :

FORESTIER Georges, « Dramaturgie de l'oxymore dans la comédie du premier XVIIᵉ siècle : le théâtre comique de Brosse », *Cahiers de littérature du XVIIᵉ siècle*, n° 5, 1983 (Publication de l'Université de Toulouse-Le Mirail, Centre de Recherches « Idées, thèmes et formes, 1580-1660 »), p. 5-32.

## 6. *Pièces contemporaines de référence*

Nous ne mentionnons que les pièces qui ont fait l'objet d'une réédition récente (le plus souvent dans le cadre d'une édition critique) :

En premier lieu les trois pièces qui ont été éditées par Lorenza MARANINI sous le titre général *La Commedia in commedia. Testi del Seicento francese. Tre « pieces » di Baro, Gougenot, Scudéry* (1629-1635), Roma, Bulzoni, 1974 :

BARO Balthasar, *Célinde, Poème héroïque*, Paris, F. Pomeray, 1629.

GOUGENOT, Le sieur, *La Comédie des comédiens, tragi-comédie*, Paris, Pierre David, 1633 (rééditée aussi par David Shaw, coll. Textes littéraires, University of Exeter, 1974).

SCUDÉRY Georges de, *La Comédie des comédiens, Poème de nouvelle invention*, Paris, Augustin Courbé, 1635 (rééditée aussi par Joan Crow, coll. Textes littéraires, University of Exeter, 1975).

Ensuite la plus fameuse réussite dans le genre, qu'il est nécessaire de lire dans sa version originale (c'est-à-dire d'après l'édition de 1639) :

CORNEILLE Pierre, *L'Illusion comique, comédie*, Paris, François Targa, 1639 ; rééditée par Robert Garapon, S.T.F.M., Paris,

1957 ; on peut la lire aussi dans *Œuvres complètes*, éd. Georges Couton, Bibliothèque de la Pléiade, Paris, Gallimard, 1980, tome I, p. 611-688.

Ainsi que :

MOLIÈRE, *L'Impromptu de Versailles, comédie*, in *Œuvres complètes*, éd. Georges Couton, Bibliothèque de la Pléiade, Paris, Gallimard, 1971, tome I, p. 669-698.

QUINAULT Philippe, *La Comédie sans comédie*, Paris, G. de Luyne, 1657 ; rééditée par J. Biard, coll. Textes littéraires, University of Exeter, 1974.

ROTROU Jean, *Le Véritable saint Genest, tragédie*, Paris, Toussaint Quinet, 1647 ; rééditée par E. T. Dubois, Genève et Paris, Droz-Minard, 1972 ; on peut la lire aussi dans *Théâtre du XVII<sup>e</sup> siècle*, éd. J. Schérer, Bibliothèque de la Pléiade, Paris, Gallimard, 1975, tome I, p. 953-1005.

Enfin, il faudrait lire aussi *Les Illustres Fous* de Charles BEYS (Paris, Olivier de Varennes, 1653), mais sa réédition (éd. Marle I. Protzman, Baltimore, The John Hopkins University Press, 1942) est introuvable en France (on peut la lire à la Bibliothèque Nationale : 8°Z 22815).

# LES
# SONGES
# DES HOMMES
# ESVEILLEZ

## COMEDIE
## DE Mr BROSSE

A PARIS

Chez la vefve NICOLAS DE SERCY, au Palais, en la Salle Dauphine, à la Bonne-Foy Couronnée.

———

M. DC. XXXXVI.
AVEC PERMISSION

# A

## MESDEMOISELLES

### DE

## VINCELOTTE [1]

Mesdemoiselles,

A moins que de trahir mon devoir, je ne puis demeurer plus long-temps dans le silence ; quelque deffence
que me fasse vostre modestie, il faut que je publie
vostre merite, & les obligations que je vous ay. On
dit que la Nature deslia autrefois la langue d'un enfant
muet, pour apprendre que celuy qu'on alloit tuer
estoit son pere : quand j'aurois perdu l'usage de la
parole, l'occasion de contribuer à l'utilité ou à la gloire
de qui m'auroit procuré du bien, me la feroit recouvrer.

Je prouve ce que je dis, puis qu'ayant manqué
jusqu'icy d'expression, je commence à parler de vos
vertus, que j'exposerois volontiers en detail, si je ne

---

1. Mesdemoiselles de Vincelotte sont, selon Godard de Beau-
champs (*Recherches sur les théâtres de France*) et Lancaster, les
sœurs de ce Bastonneau, sieur de Vincelotte, à qui Brosse a déjà
dédié sa *Stratonice* deux années plus tôt. Sur celui-ci, voir notre
introduction, p. 14.

craignois de m'estendre au delà des bornes d'une
Epistre. Ce sera donc assez, & peut estre trop au gré
de vostre modestie, si je mets en avant que l'innocence
naist avec vos pensées, que vous ne prononcez pas
une parole, ny ne faictes pas une action qui ne soit de
bon exemple ; que la charité vous suit partout, que
l'humilité ne vous quitte point, & que la sagesse ne
vous abandonne jamais.

Ceux qui ont traitté de cette derniere vertu, con-
viennent qu'elle est fille de l'experience, & que le
Temps est son maistre d'école. Mais cette remarque
ne doit pas estre absolument receuë : dans une jeunesse
encore tendre, vous mettez en pratique tous ses preceptes, & vostre conduite apprend à tout le monde,
que vostre jugement est semblable à ces fleuves qui
sont navigables dés leurs Sources, que la prudence
va quelquefois plus viste que l'âge, & que l'esprit
n'est pas si estroitement attaché au corps, que les
progrets de l'un dependent tousjours de l'accroisse-
ment de l'autre.

Cette connoissance que j'ay des nobles qualitez
de vos ames m'ôte des termes de consulter si je puis,
de bonne grace ou non, vous addresser un Poëme
disposé au Theatre. Rien ne vous peut empescher
de lire les compositions de ce genre : elles ne sont plus
ce qu'elles estoient il y a trente ans ; la Comedie est
devenuë belle en vieillissant, & sa beauté est aujour-
d'huy d'accord avec son honneur : aucune de ses actions
n'est licentieuse, aucune de ses paroles deshonneste,
au contraire, la licence & l'infamie sont les sujets de ses
censures ; & je ne crains point de dire qu'elle est telle-
ment espurée qu'une fille la peut voir avec moins de

scandale qu'elle ne parleroit à un Capucin à la porte
de son Convent [1].

Cela posé & tenu pour indubitable, comme il
est, je ne fay point de difficulté de vous en dedier une,
que je ne vous presenterois sans doute qu'avec quelque
sorte de crainte, si elle n'avoit eu le bonheur de paraistre
assez glorieusement devant leurs Majestez. La deffe-
rence que je rends, & les respects que je dois à la
condition, au merite & au jugement des personnes
qui ont estimé ce Poëme, font que je vous l'offre avec
un peu de hardiesse : puis que les esprits de Cour, qui
sans contredit sont les meilleurs & les delicats de
Paris, ont parlé à son avantage en sept diverses repre-
sentations que la Troupe Royale [2] en a donnees de
jour à autre, je me figure qu'ils y ont remarqué quelques
beaux traits, que je n'y ay pas apperceus moy-mesme,
& que j'ay faits sans y penser. Comme autrefois ce
Peintre qui jettant de colere son pinceau, fit en un
instant & sans art, ce que sa resverie & ses preceptes
n'avoient pu executer [3].

---

1. Si, jusqu'ici, cette Épître est absolument conforme à toutes
celles qui fleurissaient en tête de toutes les éditions de pièces à
cette époque, le ton change à cet endroit. Brosse a tenu à dire son
mot dans la querelle de la moralité du théâtre qui, après avoir
fait rage dans les années 1630, commençait alors à s'apaiser.
2. La Troupe Royale, c'est-à-dire la compagnie des « Comédiens
du Roi » qui était installée à l'Hôtel de Bourgogne.
3. Comparer avec la Préface de *Clitandre* de Corneille : « Aussi
l'Antiquité nous parle bien de l'écume d'un cheval, qu'une éponge
jetée par dépit sur un tableau exprima parfaitement après que
l'industrie du Peintre n'en avait su venir à bout » (*Œuvres complètes*,
Bibliothèque de la Pléiade, Paris, Gallimard, 1980, p. 96) ; G. Couton indique (n. 4, p. 1204) que cette anecdote provient de Pline
l'Ancien, *Histoire naturelle*, liv. XXXV, chap. XL ; de Valère
Maxime, *Faits et dits mémorables*, liv. VIII, chap. II ; ou de Sextus
Empiricus, *Hypotyposes pyrrhoniennes*, liv. I, chap. XII. Mais
Corneille, contrairement à Brosse, insiste sur les difficultés de l'écri-

Me laissant donc aller au torrent, je me flatte de la pensee que vous trouverez quelque chose en mon ouvrage que vous ne condamnerez pas absolument. Je sçay que les unitez y sont observées, & l'on m'a persuadé que les vers ont assez de beauté pour n'estre pas laids, & la conduite assez d'art pour n'estre pas mauvaise. Au reste l'invention est si veritablement mienne, que je n'en doy l'interest à pas un de mes devanciers [1]. Ce qui me porte (Mesdemoiselles) à vous l'offrir d'autant plus hardiment, que je ne dispose en vous l'offrant que de mon bien, & que je ne croy pas vous donner rien de commun. Puis qu'on n'a veu jusqu'icy point ou peu de personnes dormir les yeux ouverts, je tire une consequence que le present que je vous fait de la Comedie *Des Songes des hommes Esveillez*, ne sçauroit estre qu'extraordinaire : Ainsi je me promets que vous l'estimerez sinon pour son prix, au moins pour sa rareté, & que j'obtiendray en sa consideration la liberté de me declarer,

MESDEMOISELLES,

> Vostre tres-humble, tres-obeïssant, & tres-obligé serviteur,
>
>                                    BROSSE.

---

ture de la Comédie : « c'est ce qui ne tombera jamais en la pensée, qu'une pièce de si long haleine, où il faut coucher l'esprit à tant de reprises, et s'imprimer tant de contraires mouvements, se puisse faire par aventure. »

1. Inventer, au XVIIe siècle, c'est, en ce qui concerne la littérature et le théâtre, mettre au jour une œuvre, que son sujet soit original ou pas. C'est pourquoi Brosse parlait déjà de son « invention » dans la dédicace de ses *Innocens coupables*, qui sont pourtant une libre adaptation d'une *comedia* de Calderón. Aussi, du fait de l'ambiguïté de ce terme, est-il nécessaire de préciser, toutes les fois que le sujet est original. C'est le sens de l'insistance de Brosse (« si véritablement mienne »).

A MONSIEUR BROSSE,
Sur le sujet de sa Comedie.

EPIGRAMME,
Envoyé de Fontaine-bleau[1].

*E*sprit rare & subtil, miracle de nos jours,
   *Qui sçais l'Art de charmer les yeux & les oreilles,*
*Si tu crois tes Amis, tu resveras tousjours,*
*Ces Songes à la Cour plaisent plus que leurs veilles.*

DE St GEORGES.

---

1. Nous reproduisons cette épigramme pour la même raison sans doute que Brosse l'a confiée à l'éditeur : insister encore sur le succès qu'a remporté la comédie lors de sa présentation à la Cour.

# LES ACTEURS

CLARIMOND, Gouverneur du Chasteau de Talemont.

CLORISE, Sœur de Clarimond.

LUCIDAN, Gentilhomme Parisien, Amant de Clorise.

LISIDOR, Gentilhomme natif de Bordeaux, Amant d'Isabelle.

ISABELLE, Demoiselle Rocheloise.

CLEONTE, Cavalier amoureux de Clorise.

DU PONT, Paysan.

ARISTON, Page de Clarimond.

Le Lacquais de Clarimond.

*La Scene est dans le Chasteau de Talemont* [1].

---

1. Quoiqu'il existe plusieurs « Talemont » en France, l'origine respective de Lisidor et d'Isabelle, Bordeaux et La Rochelle (cf. la liste des *dramatis personae*), et toutes les indications qui nous sont fournies dans les récits de l'acte V (voir en particulier la note correspondant au vers 1728) nous garantissent qu'il s'agit d'une localité de Charente-Maritime, Talmont-sur-Gironde, en face du Verdon. Bien qu'il n'y ait pas de château aujourd'hui, le village avait un rôle important dans la surveillance de la Gironde, notamment pendant les guerres de religion.

# LES SONGES
# DES HOMMES ESVEILLEZ

## COMÉDIE

## ACTE I

### SCENE PREMIERE [1]

### LISIDOR, CLEONTE

#### Lisidor

JUGEZ par le recit que vous venez d'entendre [2]
A quelle extremité ma douleur peut s'estendre,

---

1. En l'absence de toute indication, il faut supposer que l'action
se passe dans la cour du château, devant une porte par où entrent
ou sortent certains personnages. En effet, à la scène 3 Clarimond
entre en scène en annonçant à Lisidor qu'il vient de le chercher
en vain dans son appartement, puis à la fin de la même scène il
invite ses hôtes à entrer « à la maison » (v. 256-257), pendant que
lui-même écoute le rapport fait par son page « en cette basse cour »
(v. 260). Et c'est encore là que vient s'écrouler le paysan ivre.
Une fenêtre du château donne aussi sur cette cour puisque c'est par
elle que les autres personnages regardent le comportement du paysan
lorsqu'on le ramène où il était tombé (acte III, scène 6, v. 983-
984 et 1010).
2. Le récit des aventures passées du héros, qui en toute logique
devrait constituer la matière d'une scène d'exposition, est renvoyé
à la fin de la pièce (acte V, scène 3, v. 1559-1659). Le centre d'intérêt
de cette première scène est ainsi déplacé de Lisidor à Cléonte, ce
qui place Lisidor dans une position voisine de celle qui sera la sienne
durant les actes II, III et IV, où il sera le *spectateur* de ce qui arrive
aux autres personnages, à commencer par Cléonte. Ensuite ce récit
ne sera jamais prononcé par Lisidor lui-même, mais par Lucidan
qui jouera son rôle dans la pièce intérieure.

Et ne me blasmez plus si dans tous mes discours
On m'entend appeller la mort à mon secours.


### Cleonte

5 Ma coustume n'est pas de flatter ny de feindre ;    [2]
Vous avez en effet du sujet de vous plaindre :
On n'a veu jusqu'icy que fort peu de malheurs
Qui meritassent mieux des soupirs & des pleurs,
Il ne faut pas pourtant que vôtre ame s'abaisse
10 Sous le poids importun de l'ennuy qui l'oppresse ;
Quelques grands desplaisirs qui viennent l'assaillir,
Elle se doit en soy noblement recueillir,
Elle doit dans l'orage estre tranquille & calme,
Et, sous le faix des maux, s'esgaler à la palme.
15 N'attendez pas de moy d'autres raisonnemens
Qui tendent à finir vos amoureux tourmens ;
Je ne vous puis donner, en de telles alarmes,
Ny de meilleurs avis, ny de plus fortes armes :
Vous figurer de voir vôtre mal âlegé
20 Par le foible secours d'un esprit affligé,
Et qu'oubliant mon dueil je dissipe le vôtre,
C'est esperer qu'un mort en ressuscite un autre.


### Lisidor

En vous disant le bien que la mort m'a volé,
Je n'ay pas eu dessein d'en estre consolé :
25 Ma tristesse est si juste & ma perte si grande
Que la fin de mon mal est ce que j'apprehende,
Et, s'il faut m'exprimer sans reserve & sans fard,    [3]
Je serois bien fasché que vous y prissiez part.
Perseverant tousjours dans mon humeur premiere,

30 Je veux supporter seul ma peine toute entiere,
   Et, bien que ma vertu succombe en ce dessein,
   Je ne souffriray pas qu'on me tende la main ;
   Les plus doux lenitifs d'un zele charitable
   Ne peuvent qu'irriter ma douleur veritable,
35 Les soings de mes amys sont pour moy dangereux,
   Je les appelle aussy Remedes malheureux,
   Qui, contre le succez que l'on s'en persuade,
   En guairissant le mal font mourir le malade.
   Mais sans vous expliquer jusqu'où va la vigueur
40 Du mortel déplaisir qui me tient en langueur,
   Que je comprenne en quoy vôtre malheur consiste,
   Et quelle occasion vous avez d'estre triste.
   Est-ce un effet d'Amour, ou d'un autre accident ?
   Dittes, je fus tousjours un discret confident.

### Cleonte

45 Au seul nom de l'Amour, ma couleur qui se change
   Ne vous apprend que trop que c'est luy qui se vange
   De ce qu'estant charmé de deux yeux pleins d'attraits,
   J'ay creu que c'estoit d'eux qu'il empruntoit ses traits,
   Que sans ces beaux Soleils il n'auroit point de flames, [4]
50 Et qu'au lieu de brusler, il glâceroit les ames [1].

### Lisidor

   Ne m'apprendrez-vous point le nom de cet objet
   Qui, regnant dessus vous, vous a fait son sujet ?

---

   1. V. 59-50 : cette lourde métaphore est à nouveau prêtée à
Cléonte aux v. 559-560 (II, 5) mais avec la distance créée par le
théâtre dans le théâtre.

### Cleonte

La divine beauté qui ravit ma franchise [1]
Est sœur de Clarimond, & se nomme Clorise.
55 Je ne vous diray point le nombre des tresors
Qui brillans dans son ame, eclattent sur son corps :
Pour n'en point amoindrir le prix par la parole,
Il faut mouiller sa langue aux ondes du Pactole [2] ;
Ouy, qui veut bien loüer ce chef-d'œuvre adoré,
60 Il ne doit employer qu'un langage doré.
Doncques [3] ne trouvant point des termes assez dignes,
Je ne recite pas ses merites insignes,
Je tay pareillement ses celestes appas.
Vos yeux, qui les ont veus, ne les ignorent pas ;
65 Par un si noble sens vôtre ame estant aydee
S'en peut facilement representer l'idee,
Et puis se figurer quel ennuy je conçoy
Si ces douceurs ne sont qu'amertumes pour moy.

### Lisidor

Quoy ! Clorise est pour vous & de glace & de roche ? [5]

### Cleonte

70 La cruelle ne peut éviter ce reproche.
Ma forte passion est l'ouvrage d'un jour,

---

1. « Franchise, signifie chez les Poetes & les amants, Liberté.
Il a perdu sa *franchise* » (Furetière). Clorise, en faisant de Cléonte
son sujet (v. 52), lui a volé sa liberté.
2. C'était la rivière de Lydie qui, grâce aux paillettes d'or qu'elle
roulait, était la source des richesses de Crésus.
3. Voir v. 169, n. 2.

Son aspect me rendit un esclave d'Amour.
Mais ce Dieu complaisant aux vœux de ma rebelle,
En entrant tout chez moy, sortit tout de chez elle :
75 Il en ôta ses traits, son Arc, & son flambeau,
Bref, il n'y laissa rien, si ce n'est son bandeau
Que ceste fille altiere autant comme inhumaine [1]
Estend dessus ses yeux, de peur de voir ma peine [2].


Lisidor

Son mauvais traittement vient-il d'aversion,
80 Ou bien du desâveu de vôtre passion ?


Cleonte

Sa cruauté se fonde & sur l'un, & sur l'autre.
Jugez si mon malheur est moindre que le vôtre :
Un funeste accident vous a privé d'un bien
En l'absence duquel tout ne vous est plus rien,
85 Mais vous avez au moins en vos maux ce remede
Que vous estes certain qu'aucun ne le possede [3],
Et que la passion d'un rival plus heureux          [6]
Ne cueille pas le fruit de vos soings amoureux.
Je n'ay pas ce bon-heur dedans mon infortune.
90 Un amant mieux receu me choque & m'importune,
Il m'arrache du sein ce que j'ay tant aymé,

---

1. Selon Vaugelas (*Remarques*, p. 242), *autant* « quand il est
comparatif demande *que*, apres luy, & non pas *comme* ». Cependant
« une infinité de gens » emploient cette tournure.
2. Contresens (volontaire, certainement) sur le sens allégorique
du bandeau de l'amour : il masque les yeux de ceux qui aiment et
non de ceux qui n'aiment pas.
3. *Le* renvoie à *bien* (v. 83).

Et fera sa moisson peut-estre où j'ay semé.
Tel est, soit que je souffre ou que je m'evertuë,
Et le trait qui me blesse, & le coup qui me tüe.

### Lisidor

95 Pressé comme je suis de malheurs sans pareils,
S'il m'est encor permis de donner des conseils,
Ostez de vôtre cœur l'image de Clorise.

### Cleonte

Le temps seul à mon mal peut donner cette crise ; [1]
Je tache tous les jours de dissiper mes feuz
100 Par les charmes divers de la chasse & des jeux,
Mais rien ne reüssit au gré de mon attente.
Mon ardeur, au contraire, en est plus vehemente,
De sorte qu'enflamé des attraits d'un bel œil,
Je croy qu'on me verra brusler jusqu'au cercueil.
105 Mais je me trompe fort, ou voicy ma cruelle
Conduitte par celuy qui soupire pour elle ;
Je les ay decouverts [2] sans en estre apperçeu :
Je vay me plaindre ailleurs du coup que j'ay reçeu.
Taisez leur cependant mon desplaisir extréme.        [7]

---

1. « On peut dire que la *crise* n'est qu'un prompt & salutaire
effort de la nature contre la maladie, suivi de quelque evacuation
favorable » (Richelet). « (...) La crise est un soudain changement
de la maladie, qui se tourne à la santé ou à la mort » (Furetière).
Brosse emploie ici le mot uniquement au sens figuré d'*évacuation*
(en réponse au v. 97), la rapidité de l'action étant au contraire
occultée puisque le début du vers indique que c'est *le temps* qui fait
l'action.
2. Sens (signalé par Furetière) d'*apercevoir de loin*. Clorise et
Lucidan s'apprêtent à entrer en scène : Cléonte les a aperçus et
s'esquive.

Lisidor

110 En me le racontant, vous parliez à vous-mesme.

*(Cleonte rentre)* [1]

Encore que je sois accablé de malheurs,
Je prens part toutefois à ses justes douleurs ;
Son insigne constance & son feu veritable
Merite [2] de trouver Clorise plus traittable.
115 Elle vient ; tesmoignons d'ignorer sa rigueur,
Que tous mes sentimens r'entrent dedans mon cœur ;
Je sçay son naturel, peu de chose la picque.


SCENE II

CLORISE, LUCIDAN, LISIDOR

Clorise

Lisidor est-il donc tousjours melancolique ? [3]

Lisidor

Faire cette demande au triste Lisidor,
120 C'est s'informer de luy s'il est vivant encor.

---

1. Didascalie omise dans l'édition originale. Le fait qu'à partir du vers 111 Lisidor se mette à parler de Cléonte à la troisième personne la rend absolument nécessaire.

2. Accord, courant au XVIIe siècle, avec un seul sujet.

3. La *mélancolie*, c'est la « maladie d'amour », qui débouche souvent dans le théâtre de l'époque sur la *folie* (cf. *L'Hypocondriaque* de Rotrou, *Mélite* de Corneille, *Les Folies de Cardenio* de Pichou). Sur ses manifestations, voir *infra*, v. 232, note 1.

### Clorise

Devez-vous mesurer vos maux à vostre vie ? [1]

### Lisidor

Si ce n'est mon devoir, au moins c'est mon envie.  [8]

### Clorise

Vôtre cœur, aujourd'huy lachement abattu,
Dans un pressant besoing montre mal sa vertu.

### Lisidor

125 J'empruntois ma vertu des vertus d'Isabelle,
Et le peu que j'avois se perdit avec elle.

### Clorise

Ainsi donc vous ferez [2], à vous-mesme [3] crüel,
Des disgraces d'un jour un mal perpetuel !

### Lisidor

Ouy, tel est mon dessein : je veux que ma tristesse
130 M'accompagne en tous lieux, & s'augmente sans cesse.
Je veux, par ma douleur, tesmoigner mon amour,
Et me plaindre à jamais des disgraces d'un jour ;

---

1. Il faut entendre : vos maux dureront-ils autant que votre vie ?
2. L'édition originale donne *serez*, ce qui obscurcit complètement une construction déjà embrouillée. Il faut lire : ainsi donc, étant cruel envers vous-même, vous transformerez les disgrâces d'un jour en un mal perpétuel !
3. L'édition originale donne *vous-mesmes*.

Mais, juste Ciel, au poinct où ma perte me touche,
Je devrois pour me plaindre avoir plus d'une bouche,
135 Et son[1] recouvrement ne pouvant s'esperer,
Il ne me suffit pas de deux yeux pour pleurer.

### Clorise

Vous vous affligez trop.                                    [9]

### Lisidor

                    Si vous sçaviez, ma Dame,
L'empire que l'Amour usurpe sur une ame,
Et quel desordre c'est, ou plustost quel tourment,
140 Quand la mort prend l'aymée sans emporter l'amant,
Vous ne blâmeriez plus ma douleur continuë,
Ou vous la blâmeriez d'estre trop retenuë.
Si Monsieur a jamais senty le noble effet
D'une ardeur veritable & d'un zele parfait,
145 Il peut m'auctoriser & vous dire luy-mesme
Jusqu'où l'on peut aller, quand on pert ce qu'on ayme.

### Lucidan

Apres un accident si triste & si fatal,
On ne sçauroit assez se desirer de mal,
Et l'amant a conçeu peu de melancolie
150 Qui ne suit pas l'objet à qui l'Amour le lie.

### Clorise

Vous parlez hardiment, mais dans l'occasion
Vous pouriez bien avoir une autre vision.

---

1. Construction maladroite : *son* renvoie à Isabelle.

### Lucidan

Ha ! quittez ce soupçon, & sortez de ce doute    [10]
Qui deschire le cœur quand l'oreille l'escoute ;
155 Si quelque maladie alteroit ce beau corps,
Et que la parque en vint à rompre les accors [1],
Les loix de mon Amour me deffendans de vivre,
Je formerois bien tost le dessein de vous suivre,
Et par un coup loüable, encore qu'inhumain,
160 Mon trespas deviendroit l'ouvrage de ma main.
Toutefois insensible à tout, hors à vos charmes,
Je ne redouterois l'effort d'aucunes armes,
Le fer le plus aigu ne me pourroit percer,
Ou bien, s'il me perçoit, ne me pourroit blesser.
165 Je ne voy point comment je sortirois du monde :
Je suis trop enflamé pour mourir dedans l'onde,
Son contraire aussy peu finiroit mon tourment,
Je vy dedans le feu comme en mon element.

### Clorise

Ainsi doncques [2], Monsieur, quelque [3] fut vostre envie,
170 Rien ne pourroit jamais terminer vostre vie.

### Lucidan

Amour est ùn grand Dieu, les Dieux vivent tousjours
Et peuvent, s'il leur plaist, eterniser nos jours,   [11]

---

1. C'est-à-dire *l'harmonie*.
2. « (...) On dit tousjours *doncques*, et jamais *doncque*, sans *s*, quand on le fait de deux syllabes, nonobstant le *dunque* des Italiens » (Vaugelas, *Remarques*, p. 392).
3. Tournure jugée incorrecte par les grammairiens du XVIIe siècle (Vaugelas, Th. Corneille et l'Académie). qui exigent *quel*(le) attribut au lieu de *quelque* (Haase, p. 96).

Leur souverain pouvoir ne trouve point d'obstacles :
S'ils veulent, d'un seul mot ils font de grands miracles.
175 Mais l'Amour est entr'eux tousjours le plus puissant,
Plusieurs en font l'espreuve, & chacun le consent.

#### Lisidor

Un mesme sentiment nos deux avis assemble[1] :
Ce Dieu me fait mourir & vivre tout ensemble.

### SCENE III

## CLARIMOND, LISIDOR, CLORISE, LUCIDAN

#### Clarimond

Je viens de vous chercher dans vostre appartement.

#### Lisidor

180 Pourquoy ?

#### Clarimond

Pour vous donner un avertissement.

#### Lisidor

Quel ?                                        [12]

#### Clarimond

D'escrire à Bordeaux.

---

1. *Nos deux avis ensemble* : faute d'impression non signalée
par Brosse.

### Lisidor

Il n'est pas necessaire ;
Plusieurs bonnes raisons m'empeschent de le faire.
Entre autres celle-cy, quand j'en aurois dessein,
Suffiroit pour m'oster la plume de la main :
185 L'estonnement d'un pere à l'aspect de ma lettre
Est le premier effet que je m'en doy promettre ;
De cet estonnement naistront ses déplaisirs,
Ses déplaisirs voudront s'exaler en soupirs,
Le vent de ses soupirs dissipera la flame
190 Qui retient dans son sang & la chaleur & l'ame ;
Mon pere est un vieillard courbé dessous les ans,
Et la moindre tristesse abat les vieilles gens.

### Clarimond

C'est estre intelligent dedans l'ordre des choses,
Et prévoir sagement les effets dans leurs causes.
195 Je suis de vostre avis, & je trouve à propos
Qu'aucun de vos escris ne trouble son repos ;
Cette fille du temps qu'on peint avec des aisles [1]
N'annonce que trop tost de mauvaises nouvelles. [13]
Tandis [2], nous essayerons par de nouveaux moyens
200 A faire que vos maux se transforment en biens :
Nous vous divertirons.

---

1. La Renommée.
2. « Conjonction qui signifie, Cependant, lorsqu'on fait ou qu'on
va faire une autre chose » (Furetière). Selon le dictionnaire de
l'Académie, *tandis* « est toujours suivi de *que* ». Mais dans la première
moitié du siècle, l'usage de *tandis* adverbial est fréquent (on le
trouve chez Corneille).

### Lisidor

C'est tenter l'impossible,
Et vouloir s'approcher d'un pas inaccessible.
Ma misere est si grande, & mes ennuis sont tels,
Que je n'espere rien du costé des mortels.
205 Toutefois, cher amy, si vous avez envie
D'adoucir les malheurs qui traversent ma vie,
Commencez sans finir un discours plein d'horreur,
Qui puisse à chaque mot donner de la terreur ;
Surprenez mon esprit, & chargez ma memoire
210 De l'horrible recit d'une tragique histoire ;
Monstrez-moy d'une part des piles de tombeaux,
Que j'entende d'ailleurs croaçer des corbeaux [1] ;
Apres, conduisez-moy dans d'épaisses tenebres
Où l'Air ne soit battu que de plaintes funebres ;
215 Menez moy de ce lieu sous un affreux rocher,
La ruine duquel deffende d'approcher,
Ensuitte rendez-moy dans des pleines desertes [2]
Des oyseaux seulement & du Ciel descouvertes :
Que partout des serpens y bordent le chemin,
220 Et que l'herbe n'y soit verte que de venin.
Si je reviens de là, permettez-moy que j'entre,      [14]
Tout nud & sans escorte, au plus profond d'un Antre
Où la Lionne encor deschire par morceaux
Le chasseur qui venoit ravir ses Leonceaux.
225 Au terme où ma tristesse est maintenant venuë,
S'il faut qu'elle finisse ou qu'elle diminuë,

---

1. *D'ailleurs* signifie ici *d'un autre côté.*
2. *Rendez-moy* signifie *conduisez-moi* (tournure très rare construite à partir de *se rendre*).

Rien du monde ne peut plus efficacement
En avancer la fin, ou le decraissement.
Oüy, rien ne sçauroit mieux que ces choses terribles
230 Rendre à mon triste cœur mes douleurs moins sensibles.
Ainsi, pour en donner une comparaison,
On guairit bien souvent le poison par poison[1].

### Clarimond

Improuvant ce discours, je croy que pour vostre ayde,
On doit imaginer quelque meilleur remede.
235 Autrement, c'est au mal dont vous estes troublé,
User pour vous guarir d'un poison redoublé[2].
A quelque extremité qu'aille vostre tristesse,
Laissez nous gouverner cette importune hostesse ;
Par des soings tous nouveaux nous vous promettons tous
240 De la faire bien-tost deloger de chez vous.

### Lisidor

Elle croit que mon cœur est sa propre demeure    [15]
Et n'en sortira pas, si ce n'est que je meure.
Jusqu'icy vous avez essayé vainement
A luy faire choisir un autre logement :

---

1. Les visions infernales contenues dans cette longue tirade
correspondent à la description *clinique* du délire des mélancoliques.
Le médecin Jacques Ferrand (*De la maladie d'Amour ou Mélancolie
érotique*, Paris, D. Moreau, 1623) indique que la « maladie d'amour »
agit sur les hypocondres (foie, rate, boyaux, pylore), ce qui provoque
des troubles de l'imagination, « représentant toujours des espèces
noires » (Cité par G. Couton, Corneille, *Œuvres complètes, éd. cit.*,
tome I, p. 1150 et n. 1, p. 71 (p. 1187).

2. *Au mal* : *au* est à prendre ici au sens figuré de *dans, pour,
en ce qui concerne*, fréquent au XVIIe siècle (Haase, *Syntaxe*, § 121,
p. 315). On comprendra donc : autrement, en ce qui concerne le
mal dont vous êtes troublé, c'est user pour vous guérir d'un poison
redoublé.

245 Le Royal passe-temps que l'on prend à la chasse
A-t'il pû la forcer d'abandonner la place ?
Par quels autres moyens, ou plus doux ou plus forts,
Pouvez vous esperer de la mettre dehors ?

### Clarimond

La part que nous prenons à toutes vos disgraces
250 Nous en fera trouver qui seront efficaces.
Il est vray qu'en chassant nous pensions que vos maux
S'enfuiroient devant vous comme les animaux ;
Mais puisque vostre ennuy revient de la campagne,
Que ce fascheux suivant par tout vous accompagne,
255 Ne desesperez pas de vostre guarison :
Nous vous divertirons, sans doute, à la maison.
Entrez-y, je vous suy ; ce lacquais & ce page
Viennent me rendre icy réponse d'un message,
C'est fait dans un moment, leur recit sera court.

### (Ils entrent)

260 Venez, je vous attends en cette basse court,
Que vous a-t'on appris dans ceste hostellerie ?

## SCENE IV                    [16]

### CLARIMOND, ARISTON, LE LAQUAIS

### Ariston

Que Lisidor regrette une amante perie :
Trois ou quatre Marchands, autant de Matelots,
Nous ont dit qu'elle avoit son tombeau sous les flots.

Clarimond

265 Dieux ! que cet accident me surprend & me fasche !
Escoutez : gardez bien que Lisidor le sçache ;
Bien qu'il tire tousjours des soupirs de son sein,
Il se plaint d'un malheur, dont il n'est pas certain.
Mais d'où sort ce paysan [1] ?


SCENE V

DU PONT, CLARIMOND,
ARISTON, LE LACQUAIS

Du Pont, *yvre*.

A Dieu donc, jusqu'au rendre [2]. [17]
270 Je crains qu'à l'impourvu la nuict me vienne prendre :
Le Soleil est desja tout prest à se coucher,
Et j'entens retentir la corne du vacher.

Clarimond

Il est yvre.

Du Pont

Je sens du feu dans chaque membre.

Clarimond

Quel est-il ?

---

1. Le mot compte pour deux syllabes (cf. v. 707).
2. Du Pont s'adresse à son compagnon de beuverie : adieu jusqu'au jour où je te rendrai ton invitation. Furetière cite seulement l'expression « Grand mercy jusqu'au *rendre* ».

Ariston

Le parent de vostre homme de chambre.

Clarimond

275 C'est ainsi que l'on fait l'espargne de mon vin !        [18]

Du Pont

O liqueur des liqueurs, ô breuvage divin,
Ta vertu peut tirer un homme de la biére.
Qu'on ne me parle plus de cidre ny de biere !
Celuy qui les voudroit estimer de ton prix,
280 Pour se saouler de bœuf, quitteroit des perdrix[1].

Clarimond

Cét yvrongne est plaisant.

Du Pont

                    Combien ce jus des treilles
En peu d'heures en nous opère de merveilles !
Ce qu'on dit n'est pas faux ; en vin[2] gist verité !
Il dissipe l'erreur où j'ay tousjours esté :
285 Un faiseur d'Almanachs, que l'on estime habile,
Fait de toute la terre une masse immobile,

--------

1. Celui qui aurait le goût assez dépravé pour estimer le cidre
et la bière au même prix que toi, ô vin, serait aussi capable de laisser
une perdrix (viande noble) pour se rassasier de bœuf (viande vulgaire).
2. *En vain* : nous corrigeons.

Un grand corps qui se tient tousjours paisible & coy ;
Mais il n'y connoist rien ! elle marche sous moy [1].

### Clarimond

Copernique n'est pas trompé dans sa science :
290 On croira ce qu'il dit sur cette experience,
Et l'on presumera qu'il a parlé le mieux                    [19]
De l'estat de la terre & de celuy des Cieux.

### Du Pont

Syrop delicieux que nous donne la vigne,
Je te veux honnorer de quelque éloge insigne,
295 Je veux dire les biens que te doit l'Univers,
Et publier par tout tes miracles divers.
A qui te prend matin, tu sers de medecine ;
Tu surpasses le suc de toute autre racine ;
Par toy dans le travail, les hommes sont plus forts,
300 Et s'ils te boivent frais, tu resjouis leurs corps.
On rencontre par toy le petit mot pour rire ;
Tu domptes [2] les malheurs, & tu les fais prédire,
Tu fais que tous nos cœurs sont des livres ouverts.
En fin tu fais, dit-on, composer de bons vers,
305 Et le meilleur Poëte est lent à la besongne
S'il n'a premierement enluminé sa trongne.
C'est peu que tout cela : par toy l'on est hardy !
Un Sergent est tousjours timide avant midy,

---

1. Brosse prête à Du Pont la connaissance de quelque almanach
du genre Calendrier de Bergers, qui présentait le système de Ptolé-
mée. Clarimond, homme d'épée, plus évolué, en est déjà au système
de Copernic (v. 289).
2. *Tu surpasse* (v. 298), *tu dompte* : nous corrigeons.

Mais lors que tes vapeurs luy montent dans la teste,
310 Il va par tout sans crainte, il menace, il tempeste,
Rien n'est de plus meschant, rien de plus dangereux,
Quand les diables viendroient, il est homme pour eux,
Sa furëur fait trembler, tout flechit dessous elle,
Il enleve les licts, il pille la vaisselle,
315 Il est pire qu'un chien, qu'on vient de détacher,     [20]
Car un chien, quel qu'il soit, ne la fait que lécher.

#### Clarimond

Cet yvrongne rencontre.

#### Du Pont

En fin dedans sa rage
Ainsi que serre-gents, il est serre-mesnage.

#### Clarimond

C'est bien dit.

#### Du Pont

Il en est de mesme des recors :
320 Ils n'ont pas, s'ils n'ont beu, le Diable dans le corps.
O gratieux présent que nous font les vendanges !
Je ne te puis donner d'assez dignes loüanges.
Ciel ! si pour m'accorder un bon-heur tout complet
Les nourrices avoient du vin au lieu de laict,
325 Je proteste du jour la flambante chandelle
Qu'on me verroit bien-tost reprendre la mamelle [1].

---

1. Un tel goût pour le vin, qui ignore toute satiété, n'est pas sans rappeler celui que manifestait Guillaume, le vigneron des *Vendanges de Suresne* de Du Ryer (Paris, Sommaville, 1636), s'écriant à l'annonce de la noce : « Que je boiray de vin ! Si dedans cette feste / Mon ventre est trop petit, j'en rempliray ma teste. » (V, 8 fin).

Mais d'instant en instant ce fumeux vin nouveau
Me remplit de vapeurs le donjon du cerveau ;
Je sens qu'il m'estourdit, je trouve qu'il m'enroüe,
330 La court & le logis tournent comme une roüe,
La terre me paroist bosselée en sillons,                    [21]
Je voy virevolter cent mille papillons,
Mes jambes & mes pieds tombent dans des foiblesses,
Sans escrire je fay des y grecs & des esses.
335 Je n'en puis plus ! je meurs ! mais il m'importe peu
Quand j'irois en Enfer ; le vin esteint le feu ! [1]

*(Du Pont tombe et dort)* [2]


Clarimond

Le voila renversé ce coquin qui s'en yvre.
Il ne meurt pas pourtant, bien qu'il cesse de vivre :
Son ame comme esteinte à present dans son corps
340 Fait qu'il n'est plus au rang des vivants ny des morts.
Que le vin est mauvais à de petites testes,
Et que ceux qu'il surprend sont semblables aux bestes !
Ha ! qu'ils tesmoignent bien par ce dereglement
Qu'ils ayment la clarté moins que l'aveuglement,
345 Et que par un effet d'une manie estrange
Ils craignent peu d'esteindre un Soleil dans la fange !
Emportez ce marault, & l'ostant de ces lieux,

---

1. Il ne faut pas voir seulement dans ces deux vers forfanterie
d'ivrogne. Brosse justifie par avance le comportement de Du Pont
à son réveil (acte III) : il croira avoir été transporté en enfer (voir
notamment les vers 765-772).
2. Cette didascalie avait été placée par erreur après le vers 372
(acte II, scène 1) : correction effectuée à la main sur l'exemplaire
marqué au chiffre de Gaston d'Orléans.

Qu'on détourne un objet qui me fait mal aux yeux ! [1]
Toutefois, son sommeil & son yvrongnerie
350 Me font imaginer une galanterie.
Donc, pour l'effectuer comme je la conçoy,
Chargez vous de cét homme, & venez apres moy.


# ACTE  II

## SCENE PREMIERE

## CLORISE,  CLEONTE

### Clorise

Puisque vous m'y forcez, je vous le dy Cleonte :
En cherchant mon amour, vous cherchez vostre honte,
355 Et si vous persistez à m'adresser vos vœux,
Mes dedains s'accroistront à l'esgal de vos feux.

### Cleonte

Ciel, ta rigueur doit estre à ce coup assouvie :
Je reçoy le trépas d'où j'attendois la vie,

---

1. Cette violente condamnation portée par le personnage le plus sage de la pièce n'est pas sans surprendre à l'issue de cette scène. On avait l'impression, à lire l'éloge du vin qui précède, que Brosse voulait apporter sa contribution à la longue tradition de la littérature bachique. Et si la fin, quoique inspirée, n'est pas particulièrement originale (on pourra comparer avec *Le trébuchement de l'yvrogne* de Guillaume Colletet, *in* Jean Rousset, *Anthologie de la poésie baroque*, t. II, p. 85), l'éloge proprement dit ne manque pas de trouvailles : il est clair que Brosse s'est fait plaisir ; et les commentaires qu'il prête à Clarimond durant le cours de l'éloge sont là pour nous le confirmer. Dès lors, pourquoi ramener la fureur bachique de Du Pont à un vulgaire cas d'ivrognerie ? Peut-être pour rabaisser le personnage à son rang de paysan, au-dessus duquel son délire venait de l'élever.

L'obscurité me vient d'où j'esperois le jour,
360 Et je trouve la haine où je cherchois [1] l'Amour.
Vous qui causez mes maux, adorable Clorise,
Au lieu de vous blasmer, mon cœur vous autorise. [23]
Je suis si puissamment épris de vos beautez
Que j'ayme tout de vous, jusqu'à vos cruautez :
365 Quoy que vous me fassiez, je ne puis ny je n'ose
Condamner un effet dont je cheris la cause ;
Je souffre avec respect vos regards ennemis,
Et sur vostre captif je vous croy tout permis.

#### Clorise

Quelque beau sentiment que l'Amour vous inspire,
370 Cleonte, assurez-vous que je n'en fay que rire.

#### Cleonte

Mais ceux qu'à Lucidan l'Amour sçait inspirer,
Loing de vous faire rire, ils vous font souspirer.

#### Clorise

Jamais encor Amour ny les peines qu'il donne
Ne m'ont tiré du cœur des soupirs pour personne.
375 Mais s'ils entreprenoient de m'en vouloir tirer,
Pour Lucidan tout seul je voudrois souspirer.

#### Cleonte

Pourquoy vous monstrez-vous envers moy si cruelle ?

#### Clorise

Par ce que vous m'aymez.

---

1. *Cheris* : faute d'impression signalée par Brosse.

Cleonte

Cruauté criminelle !　　　　[24]
Quel Démon furieux ennemy de mon bien...

Clorise

380 Mon frere entre : cessez ce fascheux entretien.


SCENE II

CLARIMOND, LISIDOR, LUCIDAN,
CLORISE, CLEONTE

Clarimond

Ma sœur, avec plaisir acceptez ma visite.

Clorise

L'honneur que j'en reçoy me rend presque interdite.

Clarimond

Sçachez que Lisidor a de la passion
De joüer avec vous une discretion[1].

---

1. Il ne faut pas comprendre que Lisidor a la « passion » du jeu, mais qu'il désire vivement faire quelque faveur à Clorise. Car, comme l'explique Furetière à l'article *discretion* (c'est « ce qu'on laisse à la volonté du perdant »), « c'est un moyen de faire un présent déguisé à une femme, de joüer contre elle une *discretion* ». On rapprochera ces explications de Furetière des conseils de Cliton dans *Le Menteur* (I, 1, v. 96-98) : « La façon de donner vaut mieux que ce qu'on donne. / L'un perd exprès au jeu son présent déguisé, / L'autre oublie un bijou qu'on aurait refusé. »

385 Il ayme le picquet, & l'humeur dont vous estes    [25]
A tousjours pour ce jeu des cartes toutes prestes [1].

### Lucidan

Vous l'avez deviné, j'en voy sur le tapis.
Sus, Monsieur, reveillez vos esprits assoupis :
Il faut que vos ennuis demeurent dans ce piege.

### Clorise

390 Sans de plus longs discours, prenons chacun un siege.
Voyons qui de nous deux aura la primauté.

### Lisidor

On vous la doit au jeu de mesme qu'en beauté.

*(Clarimond prend la place aupres de Clorise, & Lucidan
aupres de Lisidor)*

### Cleonte

Tandis que vous jourez, permettez moy, de grace,
Que je m'allége un peu du travail de la chasse.

### Clorise

395 Soyez libre çeans, ne vous contraignez pas.

### Cleonte, *bas*

Puisse-je sur ce lict oublier tes appas.

---

1. Le piquet est à cette époque le plus goûté des jeux de cartes.
Il se joue à deux personnes, le plus souvent en cent points (on dit
alors « jouer un cent de piquet » ; d'ailleurs Rabelais le cite sous le
nom de jeu du *cent*), avec un jeu de trente-deux cartes (quelquefois
de trente-six : le « grand piquet »).

Clorise

Coupez donc !

Lisidor

Apres vous.                                    [26]

Clarimond

Tant de ceremonies
Des divertissements doivent estre bannies.

Lisidor

Voila doncques pour vous.

Clorise

Monsieur, espargnez moy [1].

*Lisidor donne les cartes* [2]

---

1. Il ne faut pas voir dans ces trois vers un banal assaut de politesse. Si Lisidor veut à tout prix faire couper Clorise, c'est qu'il veut être le donneur : au piquet, donner est un très gros handicap, non seulement parce que l'on parle et joue en dernier, mais surtout parce que l'on est tenu d'intégrer dans son jeu les cartes (de une à cinq) dont l'adversaire se débarrasse et de se défausser d'un nombre égal de cartes, ce qui peut détruire une main jugée convenable au départ.

2. Selon la règle, Lisidor doit distribuer douze cartes à chacun, trois par trois, en commençant par Clorise. Cela fait, il pose les cinq cartes suivantes, qui demeurent inconnues, près de Clorise, qui pourra y puiser autant de cartes qu'elle en voudra se défausser, et trois autres près de lui. Cette opération, comme celles qui vont suivre, prend du temps, et il faut comprendre qu'à la représentation, entre les vers 399 et 413 devait s'écouler une assez longue période.

Lisidor

400 Ma carte est une Dame.

Clorise

Et la mienne est un Roy [1].
Voila deux belles mains !

Lisidor

Plus belles que les nostres !

Clorise

Desquelles parlez-vous ?

Lisidor

J'entens parler des vostres.

Clorise

Monsieur, encor un coup, traittez moy doucement !

Lisidor, *voyant ses cartes*

Je suis mal partagé.

Clorise

*Elle monstre son jeu à Clarimond*

Je ne puis autrement :    [27]
405 Je pense que voila ce qu'il faut que j'escarte [2].

---

1. Les deux joueurs annoncent ici sans doute la plus haute carte de leur jeu respectif, avant de se montrer leur jeu, ce qui provoque la remarque admirative de Clorise.
2. L'*écart* est la première phase importante du jeu de piquet : Clorise estime que son jeu comporte deux cartes sans valeur, dont

### Clarimond

Vous ferez un grand jeu s'il vous vient une carte.

### Lisidor

Combien m'en laissez-vous ?

### Clorise

                  Je vous en laisse deux.
Je jouray du carreau [1].

### Lisidor

    *Il monstre la carte qu'il laisse*
                  Que je suis mal heureux !
Avec ce dix en main j'eusse eu la quinte esgale !
410 Il estoit de mon jeu la carte principale,
J'ay perdu maintenant [2].

---

elle va se débarrasser en prononçant l'expression consacrée *j'en laisse deux* : le *vous* (v. 407) est là pour rappeler que Lisidor est tenu de prendre ces deux cartes dans son jeu.

1. Cet avertissement signifie qu'après la phase des annonces Clorise commencera par jouer du carreau, couleur dans laquelle, sans doute, elle possède la plus forte carte. Il n'y a pas d'atout au piquet.

2. Passage délicat à interpréter en raison des variantes admises dans les règles du jeu : en règle générale, Lisidor aurait dû prendre, outre les deux cartes de Clorise, les trois cartes de son propre talon ; mais l'on admet aussi que le donneur puisse en laisser dans le talon, et, dans ce cas il peut regarder celles qu'il laisse. C'est probablement ce qui se passe ici : Lisidor se désespère de ne pas avoir pris toutes les cartes de son talon, qui contenait un *dix* avec lequel il aurait eu une *quinte* aussi forte que celle qu'il a déjà vue chez Clorise (cf. v. 412). Dépourvu de cette quinte, il sait qu'il accuse, avant même que les cartes soient jouées, un retard de *quinze* points ; il sent donc qu'il a, d'avance, « perdu ».

Lucidan

Je ne le pense point.

Clorise

Une quinte, un quatorze, & cinquante un de point ! [1]
Capot à découvert !                                    [28]

Lisidor

Je quitte la partie.
Trop d'heur vous a renduë assez mal divertie :
415 Quand on gaigne si viste, on n'a point de plaisir [2].

Clorise

Nous recommencerons, si c'est vostre desir.

---

1. Ce chiffre *cinquante* nous paraît inexplicable. C'est en effet
une bonification de *soixante* points que donne la possession conjointe d'une *quinte* et d'un *quatorze* (lire note suivante l'explication
détaillée) : on attendrait donc « soixante un de point ».
2. Lisidor ne se trompait pas : Clorise a gagné avant même qu'ils
aient commencé à jouer leurs cartes ; ce qui permet à Brosse de dis-
penser son public de la phase de jeu qu'il faut être près des joueurs
pour suivre. Dans une partie en cent points, on peut gagner sur
les seules annonces, quand on détient précisément celles de Clorise.
A l'article *quinte*, Furetière écrit en effet : « Quinte, quatorze et
le point, c'est beau jeu, c'est le gain d'une partie en cent ». La
*quinte* valant quinze points et le *quatorze* (c'est-à-dire un *carré*)
quatorze points, à quoi il faut ajouter automatiquement un point,
cela fait un total de trente points. Or, atteindre cette somme par
ses seules annonces c'est s'adjuger d'entrée un bonus de soixante
points (on dit qu'il y a *repic*), ce qui fait passer le total à quatre-
vingt-dix et donne partie gagnée. Lisidor est donc « capot à découvert », ce qui signifie qu'il a perdu sans avoir marqué un seul point
(*capot*) et sans avoir abattu ses cartes. On comprend qu'il soit,
comme on dit, « écœuré », même s'il voulait laisser le gain de la
partie à Clorise (voir v. 384, n. 1).

### Clarimond

Non, ma sœur ; c'est assez. J'imagine une adresse [1]
Qui peut mieux que le jeu combattre sa tristesse.
Cleonte, ensevely dans un profond sommeil,
420 Nous prepare pour rire un [2] sujet sans pareil.

### Lucidan

Vous nous obligerez de nous le faire entendre.

### Clarimond

Afin qu'en peu de mots vous le puissiez comprendre,
Sçachez que ce plancher est fait d'aix [3] seulement,
Et qu'on le peut percer assez facilement,
425 Je n'en diray pas plus, vous en verrez la suitte ;
Je m'en vay de ce pas mettre ordre à sa conduitte.
Cependant il est bon, pour joüer seurement,
Que nous sortions sans bruit de cét appartement, [29]
Et que, pour achever la piece toute entiere,
430 Nous laissions en ce lieu Cleonte sans lumiere.
Lucidan, ayez soing de prendre ce flambeau.

### Lisidor

Je ne puis rien comprendre en ce dessein nouveau.

*(Ils sortent de la chambre où est Cléonte)*

---

1. C'est-à-dire *un tour*. C'est aussi le sens de *piece* (v. 429 et 433).
2. *Au* : faute d'impression non signalée par Brosse.
3. Pièce de bois longue et peu épaisse. Furetière donne la graphie *ais* pour le singulier comme pour le pluriel. Clarimond parle du plancher de l'*étage supérieur*, d'où l'on soulèvera le lit dans les scènes suivantes. D'ailleurs *plancher* a, le plus souvent à l'époque, le sens de *plafond*.

### Clarimond

La piéce est excellente & n'eust jamais d'esgalle.
Demeurez pour la voir tous deux dans cette salle [1].
435 Je vay dresser mes gens & les employer tous ;
Vous, ma sœur, suivez-moy, j'auray besoing de vous.

### Clorise

Jouray-je un personnage en cette Comedie ? [2]

### Clarimond

Venez que je l'invente & que je vous le die.

### SCENE III    [30]

### LUCIDAN, LISIDOR

### Lucidan

L'Esprit de Clarimond travaille incessamment
440 A donner à vos maux quelqu'adoucissement.
Il est le vray miroir & le parfait modelle
D'un cousin genereux & d'un amy fidelle.

---

1. Indication importante pour la mise en scène : la conjonction
de la technique de la tapisserie et du procédé du théâtre dans le
théâtre fait que l'action va *se dédoubler* pour se dérouler dans deux
compartiments à la fois.
2. « Jouer », « personnage », « Comédie » : il était difficile d'exprimer
plus clairement que cette première mystification est déjà « du
théâtre ».

## Lisidor

Lucidan, il est vray que son zele est si grand
Que mon ame confuse à peine le comprend,
445 Et qu'il monte en un point qui m'imprime la crainte
De porter dans le cœur l'ingratitude peinte.
Les soins qu'il prend de moy m'obligent puissamment,
Mais ils ne rendent pas la maistresse à l'Amant.
L'image d'Isabelle, en tous lieux, à toute heure,
450 Se presentant à moy, m'ordonne que je meure.
Je croy l'appercevoir au milieu de la mer,
Exposée[1] à la rage & de l'onde & de l'air ;
Les mortelles horreurs de son triste naufrage,
Passent dans ma memoire & glacent mon courage : [31]
455 Je la voy se noyer, & je l'entens encor
S'escrier en mourant : « au secours, Lisidor ! »
Cét horrible tableau de l'accident funeste
Qui perdit sous les eaux cette beauté celeste
Fait naistre tant d'ennuis dans mon esprit troublé
460 Qu'il est dessous leur faix peu s'en faut accablé.

_____

1. *Exposez* : faute d'impression non signalée par Brosse.

### Scene IV

CLARIMOND, ARISTON, *tenant un flambeau*
*& esclairant Clarimond*, LUCIDAN, LISIDOR,
CLEONTE

*(Clarimond entre dans la chambre où dort Cleonte & attache*
*des cordons aux piliers de son lict)*

### Lucidan

Ce discours convient mal au jeu qu'on nous appreste :
C'est dans le temps du calme exciter la tempeste,
C'est rappeller à vous vos ennuis qui s'en vont.
Laissez les, & voyez ce que fait Clarimond.

### Lisidor

465 Je ne puis concevoir le dessein qu'il projette.
Avant que recréer ce plaisir inquiette :
A force d'intriguer j'ay peur qu'il broüille tout,     [32]
Et qu'il ourdisse un fil qui n'aura point de bout.

### Clarimond *hors de la chambre*

Je me ry de la peur que vous avez conçeuë ;
470 La trame que j'ourdis aura meilleure issuë.
Et pour vous témoigner que j'en sçay les moyens,
Meslez confusement vos cris avec les miens :
Au feu ! tout est perdu !

### Cleonte *esveillé*

Ciel ! que viens-je d'entendre !

### Clarimond

Par tout ce n'est que feu, que fumée, & que cendre !
475 Et l'avide fureur de cet embrasement
Devore le logis jusqu'à son fondement !
Au secours, mes amis !

### Cleonte

        Que tardes-tu, Cleonte,
A fuïr le danger, le trespas & la honte ?
Ta vie est en peril & tes amis aussi,
480 Et lasche, toutefois, tu demeures icy !
Sauve toy, sauve les ! dedans cette infortune,
La honte, le danger, la mort nous est commune.
Mais ô sort rigoureux ! ô funeste accident !          [33]
Je me trouve enfermé dans ce logis ardent !
485 A quelque violence où la frayeur me porte,
C'est inutilement que je heurte à la porte :
Je m'obstine à l'ouvrir, mais par ce vain effort
Je ne fay que haster & qu'irriter la mort.
Oüy ! la mort en ce lieu doit terminer ma vie !
490 Sa cruauté sur moy se va voir assouvie !
Je m'en vay ressentir son extréme rigueur,
Et mourir forcené, la rage dans le cœur,
En me desesperant, en mordant les murailles,
Peut-estre en dechirant moy-mesme mes entrailles !
495 Toutefois, c'est trop tost ceder au desespoir :
Ce tumulte eslevé commence à se rassoir ;
Je n'entends plus de bruit, de clameurs, ny de plaintes,
D'où je croy qu'à présent ces flames sont esteintes.

### Clarimond *bas*

Demeurons en silence !


### Cleonte

Escoutons toutefois !
500 Tout est calme ceans ; sans doute je resvois,
Et le feu qu'en mon cœur je nourris pour Cloiise
A causé dedans moy cette estrange méprise.

*(On leve le lict sur lequel Cleonte s'estoit couché)*

Je sçay que le sommeil, dans ces impressions,     [34]
Se regle à nos humeurs, & suit nos passions ;
505 Qu'il s'accommode au temps aux personnes, aux âges,
Qu'un vieillard songera des eaux & des nauffrages,
Un jeune homme des jeux, & que les vrays Amants
Se figurent des feux & des embrasements.
Cleonte, asseurement, ce n'est qu'un mauvais songe ;
510 Ton oreille, en ce point, a commis un mensonge.
Ce tumulte, ce feu, ces cris & ton transport,
En un mot la frayeur vient de son faux rapport,
Ton jugement, fondé dessus un vain fantosme,
S'est formé des escueils & des monts d'un atome,
515 Ces Messieurs qui joüoient ont levé le tapis,
Voyans mes yeux fermez & mes sens assoupis ;
Leur divertissement a mieux aymé se rompre
Que de m'importuner ou que de m'interrompre.
Je reprens donc, sans craindre & sans plus m'estonner,
520 Le paisible repos qu'ils m'ont voulu donner.

*(Il cherche son lict)*

Ne pouvant m'esgarer en ce petit espace [1],
Je pense que mon lict s'est osté de sa place [2].

### Lisidor

Le succez est meilleur que je ne l'eusse dit [3].

### Cleonte

Je demeure confus, ou plustost interdit,
525 Seroit-ce bien l'effet d'une autre resverie ?          [35]

*(Clarimond, Lisidor et Lucidan escoutent à la porte)* [4]

Je trouve bien la table & la tapisserie,
Tout l'autre ameublement se presente à mes mains [5] ;
Mais, au regard du lict, mes efforts restent vains,
Je voudrois pour beaucoup avoir de la lumiere !

### Lisidor *à Clarimond*

530 L'adresse d'inventer vous est particuliere !

### Cleonte

Cherchons obstinement & par haut & par bas,
Je veux quoy qu'il en soit m'esclaircir sur ce cas ? [6]

---

1. L'espace qui représente la chambre de Cléonte est effectivement petit puisque ce n'est que l'un des compartiments qui divisent
le plateau.
2. *De la sa place* : faute non signalée par Brosse.
3. C'est le premier des commentaires de Lisidor-spectateur ;
cf. v. 530 et 537. A ne pas confondre avec les cris qu'il pousse avec
les autres pour effrayer Cléonte (v. 551).
4. Les vers suivants insistent sur l'obscurité dans laquelle se
trouve Cléonte (et sans laquelle on ne pourrait l'abuser à ce point) :
pour renforcer la crédibilité de la situation, Brosse indique que ses
personnages ne peuvent pas voir, mais doivent se contenter d'*écouter*.
5. Indication intra-textuelle : Cléonte est censé tâtonner.
6. Remarquons le jeu de mots que Brosse n'a pas dû faire par
hasard.

A t'on jamais parlé d'une chose pareille ?
Suis-je encor endormy ? resvé-je ou si je veille ? [1]
535 Quel charme malheureux dessus moy s'accomplit ?
Je suis debout, je marche, & me sens sous mon lict.

### Lisidor

Malgré mes déplaisirs, je suis contraint de rire.

### Lucidan

Escoutons !

### Cleonte

Je ne sçay que faire ny que dire.

### Clarimond

Voicy tout le meilleur.

### Cleonte

*(On a baissé le lict peu à peu dessus luy)*
Ha ! que je suis troublé !
540 L'effroy s'est dans mon cœur tout à coup redoublé !
Mon lict fond sur ma teste, & son faix qui m'accable
Me rendra dedans peu la mort inévitable,

---

1. Interrogation-clé de la comédie préclassique et de la dialectique réel-illusion qui la fonde. On rencontre aussi la tournure inverse : « veillé-je ou si je songe ? » (cf. *Les Sosies* de Rotrou, v. 400 et 1348). L'expression survivra au changement d'esthétique : dans *Iphigénie* de Racine, Achille stupéfait de voir Iphigénie le fuir s'écrie : « Elle me fuit ! Veillé-je ou n'est-ce point un songe ? » Pour la bonne compréhension de la formule, on traduira *si* par *est-ce que.*

Si, pour me conserver au nombre des humains,
Je ne preste à mes pieds le secours de mes mains.

Clarimond

545 Recommençons nos cris : au feu ! tout se consomme [1] !

Cleonte

Vit'on jamais sur terre un plus malheureux homme ?

Lucidan

Tout brusle ! tout perit !

Cleonte

O Ciel ! c'est tout de bon !

Clarimond

Le grand corps du logis n'est plus qu'un gros charbon !
Le feu s'est eslevé jusqu'au dernier estage !

Cleonte

550 Le frisson me saisit, & je suis tout en nage [2].

Clarimond

Je languis !                                    [37]

---

1. *Consommer* et *consumer* sont le plus souvent confondus au XVIIᵉ siècle, en dépit de leurs significations très différentes signalées par Vaugelas et par les dictionnaires de la fin du siècle. Mais le contexte permet toujours de distinguer.
2. *Tout à nage* : leçon manifestement incorrecte, *à nage* ne s'employant pas pour signifier *en sueur*, mais *à la nage*.

### Lisidor

Je me meurs ! [1]

### Lucidan

Je suis demy bruslé !

### Cleonte

Est-il dedans le monde un lieu plus désolé ?


### Scene V

### CLORISE, CLEONTE, CLARIMOND
### LISIDOR, LUCIDAN

### Clorise

*(Clorise à la porte de la chambre où est Cleonte)*

Enfin l'heure est venuë ! il faut cesser de vivre !
On diroit que la flame a l'instinc de me suivre !
555 Je la trouve par tout où je porte mes pas !
Cleonte ! en ce besoin, ne m'abandonnez pas !

### Cleonte

Doux martyre des cœurs, beau supplice des ames, [38]
Clorise, est-ce donc vous que poursuivent les flames ?
Respondez moy, Madame ! & souffrez que vos yeux
560 Chassent l'obscurité qui regne dans ces lieux.

---

1. Lisidor-acteur n'intervient qu'ici et en 570-571. Il inter-
viendra une nouvelle fois aux côtés de Clarimond à la scène 6 de
l'acte IV (v. 1366 sq.).

Faites que je vous voye & que dans ce rencontre,
En vous tirant du feu, mon feu secret se montre.
Mais helas ! je bas l'air de propos superflus.
Je la supplie en vain, elle ne m'entend plus :
565 Les flames ont détruit cette beauté celeste.
Son beau nom seulement est tout ce qui m'en reste.
Puisse-je estre à mon tour devoré par le feu !

### Clorise

Si vous nc battcz mieux ¹, je quitteray le jeu !
Envers tous les pipeurs ma hayne est naturelle.

### Lisidor

570 Madame, je voy bien que vous cherchez querelle,
Vous voulez disputer, me voyant dans le gain ².

### Cleonte

Est-ce que je n'ay pas le jugement bien sain ? ³
Ou que je suis atteint de quelque maladie
Qui figure des jeux apres une incendie ⁴ ?
575 N'ay-je pas entendu Clorise s'escrier                    [39]
Qu'elle alloit rendre l'ame au milieu d'un brasier ?
Mais n'aye-je pas aussi, presque dans l'instant mesme,
Entendu dans le jeu cette beauté que j'ayme ?
Je n'en sçaurois douter, & n'en puis croire rien ;
580 L'incendie & le jeu ne s'accordent pas bien.

---

1. Omission de *mieux* dans l'édition originale, signalée par
Brosse.
2. V. 568-571 : les voix de Clorise et de Lisidor sont des voix
invisibles, destinées à faire croire à Cléonte que la partie continue.
3. Omission de *je*, non signalée par Brosse.
4. Le mot est pris quelquefois pour un féminin.

Que doy-je donc penser ? & dans cette occurence,
A quoy suis-je obligé d'arrester ma creance ?
De dire que je resve, il est hors de raison.
Mais, d'autre part, le feu n'est pas dans la maison ;
585 Clorise est retirée, & moy-mesme j'avoue
Que je suis insensé, si je croy qu'elle jouë.
Ciel ! que diray-je donc en cette occasion ?
Quelle cause donner à ma confusion ?
Ha, certes ! veu l'excez du trouble où je me plonge,
590 Il faut que j'extravague, ou du moins que je songe !
Mais mon esprit troublé de mille objets hydeux
Ne sçauroit discerner lequel c'est de ces deux.
Essayons toutefois de sortir de ce doute :
Conduisons nous des mains où nos yeux ne voyent
                                              [goute ;
595 Et pour me retrouver où je me suis perdu,
Sçachons si nostre lict est encor suspendu.

### Lucidan

Je m'en vais éclaster !

### Clarimond

                    Contraignez vous encore !
Ce seroit déclarer le secret qu'il ignore.                [40]

### Cleonte

*(On a redescendu le lit de Cleonte)* [1]

Si quelque enchantement icy ne me déçoit,
600 Je trouve que ce lict est comme il faut qu'il soit :

---

1. Cette didascalie, indispensable à l'intelligence des v. 599-604, manque dans l'édition originale.

Je le sens arresté dans sa place ordinaire,
D'où j'apprens que je suis un pur visionaire,
Que je resve en veillant, & que mes sens blessez
Me font apprehender les objets renversez,
605 L'excez de la tristesse où l'ingratte Clorise
Laisse flotter mon ame apres l'avoir surprise,
M'a causé ces erreurs, & son aversion
M'a sans doute troublé l'imagination.
Mais resveillons en nous la raison endormie !
610 Armons la desormais contre cette ennemie !
Ostons de ma memoire, effaçons de mon cœur
Les traits de son visage & ceux de sa rigueur !
Ouy ! superbe Clorise, ouy, la chose est concluë !
Vous ne serez jamais sur mes sens absoluë !
615 Vostre regne est finy, je méprise vos loix
Et je parle de vous pour la derniere fois.
Je suis libre à present autant qu'homme du monde [1] ;
Mon repos est entier & ma joye est profonde :
Jusque là que [2] je veux mourir à mon resveil,
620 Si jamais vostre amour interrompt mon sommeil.
Je m'en vay sur ce lict, exempt d'inquiétude,
Oublier vos beautez & vostre ingratitude,          [41]
Et, me representant des fantosmes nouveaux [3],
Songer, au lieu de feux, des glaces & des eaux [4].

*(Il se remet sur le lict)*

———— ————

1. Que tout homme au monde.
2. A tel point que.
3. *Fantosmes nouveaux* : se trouve déjà à la rime dans *L'Illusion comique* (v. 1340).
4. *Songer* : construction directe, courante au XVIIe siècle.

### Clarimond

625 Finirons nous icy cette agreable piece ?

### Clorise

Non ! je veux vous montrer un trait de mon adresse.
Suivez moy, Lucidan ; reprenez ce flambeau,
Et cachez sa lumiere avec vostre chapeau.
Ces deux Messieurs pourront à travers de ces vitres,
630 Comme nos spectateurs, estre encor nos arbitres.

### Lisidor

Clarimond, vous avez une galande sœur,
Heureux celuy qu'hymen en fera possesseur !

*(Lucidan & Clorise entrent dans la chambre où est Cleonte)*

### Clorise

Hastez vous de poser ce flambeau sur la table !

### Lucidan

L'y voila.

### Clorise

Soyons nous !

### Cleonte

O Ciel ! est-il croyable ?     [42]
635 Mon idée & mes yeux ne se trompent-ils point ?

Clorise *tenant des cartes*

Ha ! ce resveur m'a fait méconter [1] en mon point !
Je ne puis m'empescher de luy prester l'oreille !
Si je veux bien jouer, il faut que je l'esveille.

Cleonte

A ce que je comprens, j'estois donc endormy !
640 Et ce n'est qu'en resvant que mon cœur a fremy,
Lors que de mille erreurs mon ame embarrassée
Figuroit faussement des feux à ma pensée,
Et luy représentoit le lict où je me voy
Suspendu dedans l'air & tombant dessus moy.

Clorise

645 Le moyen de joüer ? voila qu'il recommence
Avecques plus de bruit & plus d'extravagance !
Pour moy je suis d'avis que nous sortions d'icy.
Qu'en dites vous, Monsieur ?

Lucidan

          J'en suis d'avis aussi.

Cleonte

Non, non ! ne sortez pas ! ma veuë est dessillée,  [43]
650 Mon esprit esclairé, ma raison esveillée !

---

1. La distinction entre *conter* et *compter* est rarement faite dans
la première moitié du XVIIe siècle. Les meilleurs écrivains de l'époque,
Corneille en tête, écrivent *conter*. Cependant, Brosse (ou son imprimeur) écrivent aussi *compter* (voir au v. 711).

Madame, demeurez : je ne resveray plus
A ces trompeux objets qui me sont apparus,
Et dont le vain fantosme offert à ma pensée
A fait que dans le jeu je vous ay traversée.
655 Mais comme j'ay commis cette faute en dormant,
J'en auray le pardon assez facilement.

### Lucidan

Monsieur, si vous dormiez, Madame vous excuse :
Vous n'estes pas tout seul que le sommeil abuse.
Mais pour ne trahir point mes sentimens secrets,
660 Je croy, pour nous troubler, que vous resviez expres.

### Cleonte

Ha, Lucidan ! cessez de parler de la sorte !
Je ne le celle point, à ce mot je m'emporte !
Vous imaginez mal, & voyez de travers ;
Je dormois !

### Lucidan

A ce compte, on dort les yeux ouverts !

### Clorise

665 Monsieur, il me suffit ; je crois en vos paroles.   [44]
Lucidan n'a conçeu que des soupçons frivoles.

### Lucidan

Je raillois ce dormeur.

### Clorise

Ha ! puis que vous raillez :
Non, vous ne dormiez pas Cleonte, vous veillez ! [1]

### Cleonte, *à Lucidan*

C'est railler à propos de vostre raillerie.

### Lucidan

670 Tel qui raille est raillé !

### Clarimond

Brisons là je vous prie [2].
Le souper nous attend, & tout le monde est prest.
Allons sans plus tarder !

### Cleonte

Allons, puis qu'il vous plaist.

### Lisidor

Suivons les ; mais, devant, il faut que je le die [3] :    [45]
J'ay pris un grand plaisir à cette comedie ;
675 J'en ay ry de bon cœur !

---

1. Lucidan avait dit, en fait, la vérité puisque Cléonte ne dormait pas (v. 664). Mais comme ensuite il avait fait passer ses remarques pour de la raillerie, Clorise décide de dire à son tour la vérité, ce que Cléonte prend pour une nouvelle raillerie (v. 669 : « C'est railler à propos de vostre raillerie »). *Veillez* : graphie imposée par la rime ; on attendait l'imparfait.
2. Il faut supposer que Clarimond *entre* dans le compartiment où se trouvent les trois autres personnages.
3. La leçon *que je die* est fautive (à cause de la métrique). L'expression *il faut que je le die* est très courante en fin de vers dans le théâtre de l'époque (cf. notamment Rotrou, *Les Sosies*, v. 765).

#### Clarimond

Je forme le projet
D'un intrigue [1] plus rare & d'un plus beau sujet.


## ACTE III


### SCENE PREMIERE

### CLARIMOND, LISIDOR [2]

#### Clarimond

Le sujet est comique, & l'avanture est telle
Qu'on n'en peut desirer de plus plaisante qu'elle.
S'il vous plaist de prester l'oreille à mes propos,
680 Je vous en apprendray le reste en peu de mots.

#### Lisidor

Lors que, par un effet d'amitié sans pareille,
On a donné le cœur, on preste bien l'oreille.
Je me rends attentif : achevez ce discours ;
Trop heureux si sa fin est celle de mes jours.

------

1. « Intrigue. s.f. (substantif féminin). Quelques-uns le font encore masculin » (Furetière, 1690).
2. La rubrique indiquait faussement CLORISE. Erreur corrigée à l a main dans l'exemplaire de Gaston d'Orléans.

## Clarimond

685 Donc, j'ay creu ce tonneau [1] qui desgoutoit sa lie [2] [47]
Capable de charmer vostre melancolie.
Sous [3] cette opinion, par mon commendement,
Mes gens l'ont apporté dans cet apartement,
Et, l'ayant despouillé de son habist rustique,
690 L'ont vestu d'un des miens, moderne & manifique.
Apres, selon mon ordre, ils l'ont mis sur un lict
Decharger son cerveau du vin qui l'affoiblit [4].
Je croy qu'à son resveil ce supost d'Epicure
Paraitra bien surpris d'une telle avanture,
695 Et que ses sentimens ainsi que ses discours
Nous seront des sujets de quoy rire tousjours.
Lucidan & ma sœur, avec un de mes Pages,
Dans cette Comedie auront leurs personnages ;
Et vous les y verrez si dextrement joüer
700 Que vous serez apres contraint de les loüer.
On tire le rideau ; ce m'est une asseurance
Que les Acteurs tous prests demandent audiance [5].
Tirons nous à l'ecart, &, sans nous faire voir,
Mesnageons le plaisir que nous allons avoir.

---

1. C'est-à-dire Du Pont.
2. Furetière donne *dégouter* comme un verbe intransitif. On comprendra : *qui laissait suinter sa lie* (« la partie la plus crasse, la plus grossière du vin » : Furetière).
3. *Sans* : faute non signalée par Brosse.
4. Cette construction (*mettre* construit directement avec un infinitif) n'est attestée ni dans les dictionnaires ni dans les grammaires du XVIIe siècle.
5. V. 697-702 : ces vers suggèrent le *decorum* d'une véritable représentation théâtrale.

### Lisidor

705 Je n'en espere point; la fortune cruelle
Noya tous mes plaisirs avec mon Isabelle.

### Clarimond

Ce Paysan [1] pour le moins suspendra vos soucis,    [48]
Prenons chacun un siege & l'escoutons assis.

### SCENE II

### DU PONT, CLARIMOND, LISIDOR

#### Du Pont *sur le lict*

Sus, Perrin, léve toy [2] ! je voy par la fenestre
710 La belle Aube du jour qui commence à paraistre;
J'entens le Rossignol, & si j'ay bien compté,
Voila desja deux fois que le coq a chanté.
Tu ne me respons rien; ma foy, je vay t'aprendre
Qu'alors qu'un maistre parle, un valet doit l'entendre !

### Clarimond

715 Il commence fort bien.

### Du Pont

Mais où pensois-je aller,
Et quelle vision me fait ainsi parler ?    [49]

---

1. *Paysan* compte pour deux syllabes.
2. Du Pont pense s'adresser à son valet de ferme (cf. v. 714) :
mais il est en train de terminer son rêve (v. 716-717). Il ne va pas
tarder à s'apercevoir que ce n'est pas l'aube, qu'il n'est pas chez
lui, et qu'il est tout seul.

Sans doute je resvois : mes yeux que j'ouvre à peine
M'avertissent assez que la chose est certaine,
Et mes pas chancelans me font appercevoir
720 D'avoir beu [1] ce matin au delà du devoir.
Qu'importe ? suis-je seul au monde qui s'enyvre ?
Plusieurs m'ont devancé, plusieurs me pourront suivre,
C'est ce qui me console. & puis un vigneron
N'est qu'un sot en son art, s'il n'est bon biberon [2].
725 Il fait encor grand jour : dedans une bonne heure
Je verray le clocher du Bourg où je demeure.

### Clarimond

Preparez-vous à rire.

### Lisidor

En l'estat où je suis,
Me plaindre & soupirer est tout ce que je puis.

### Du Pont

Qu'est-ce que j'apperçoy ? cette tapisserie
730 Est-elle encor l'effet de mon yvrongnerie ?
Ou si c'est que mes yeux louches & mal ouverts
Pensent voir des tapis en voyant les champs verts ?
Le sommeil me tient-il encor sous son empire ?
Je n'en puis que juger, & je n'en sçay que dire.   [50]
735 Je trouve, en plein midy, des tenebres par tout [3],

---

1. Que j'ai bu.
2. La définition de Furetière est : « yvrogne qui boit par excès ».
Le contexte n'implique pas ici une acception aussi péjorative ;
on comprendra simplement *buveur*.
3. Si l'on compare les vers 712, 720, 725 et 735, on constate
que, pour parfaire la figure de son ivrogne, Brosse a créé l'incertitude
temporelle la plus totale.

Esveillé que je suis je croy dormir debout,
Je ne me connois plus, & ma surprise extréme
Fait que dans ces habits je me cherche moy-mesme.
Au lieu de mes haillons dont j'estois negligeant,
740 Tout brille dessus moy, ce n'est qu'or & qu'argent,
Ma chemise n'est plus d'une toile d'estoupes,
Je porte un colet fin avec de belles houppes,
Et, comme un Courtisan, deux beaux petits rabas
Attachez proprement embellissent mes bras.
745 J'avois un vieux chappeau, mal fait & plein de taches,
J'en ay maintenant un tout couvert de panaches ;
Jamais poil de Conil ne se trouva si fin !
Le dedans est fourré d'un bonnet de satin,
Quoy de plus ? j'ay les mains dedans d'autres mains
                                             [blanches :
750 Le Seigneur de mon Bourg n'est pas mieux les
                                             [Dimanches.
Tout suit, rien ne me manque, & si je voy bien clair,
J'ay des chausses de cuir & des ergots de fer [1].


## Lisidor

Il orne son discours d'estranges métafores.


## Clarimond

Il en dira tantost de meilleures encore [2].

---

1. Du Pont a été affublé non seulement de *gants blancs* (v. 749),
mais d'*éperons*. Mais, comme il ne sait pas le nom de cet attribut
de gentilhomme, il compare aux ergots du coq. Brosse exagère assurément l'ignorance de son paysan, mais il parvient ainsi à créer
de remarquables « métafores » burlesques.
2. L'édition originale donne *encores*.

## Du Pont

755 Tant de beauté me charme, & tant d'or m'esblouyt ! [51]
Mais que mal à propos mon cœur se resjouyt !
Ce superbe attirail, cette tapisserie,
Ce plancher peinturé n'est rien qu'enchanterie ;
Et je doy recevoir de cette illusion
760 Beaucoup moins de plaisir que de confusion.
Infortuné Du Pont, quelle est ton esperance ?
Tu possedes des biens qui n'ont que l'apparance,
Qui sont formez de vent ou de quelque vapeur,
Et qui brillent d'un lustre & d'un esclat trompeurs.
765 Quelques maudits Sorciers qui te portent envie
Veulent ainsi troubler le repos de ta vie.
Faschez que tes troupeaux s'augmentent chaque jour,
Les excommuniez t'ont fait ce lasche tour ;
Comme ils devinent tout & qu'ils rodent sans cesse,
770 Ils t'ont pris endormy, puis t'ont frotté de graisse,
Et le Diable, ravy de peupler son estat,
T'a porté dans la Sale où se tient le sabat [1].

### Lisidor

Grotesque opinion !

### Du Pont

Tout le poil me herisse ! [2]
Un Lutin vient à moy retroussé comme un Suisse !

---

1. V. 765-772 : les sorciers (qui sont *excommuniés*) se rendent au sabat pour adorer le *Diable* ; il sortent de chez eux sur un manche à balai, par la cheminée, après s'être *frottés de graisse* (d'après Furetière : articles *Sorcier* et *Sabbat*).
2. Tournure archaïque pour « tout mon poil se hérisse ». Sans doute Ariston qui entre en scène à ce moment est-il affublé de ces

775 Que ne suis-je [1] invisible, ou bien que n'ay-je appris,
Comme il faut conjurer les infernaux espris !


SCENE III

ARISTON, DU PONT,
CLARIMOND, LISIDOR


Ariston

Monsieur un Cavalier de mine & d'apparence [2]
Demande à vous venir faire la reverence.
Vous plaist-il qu'il vous voye ?


Du Pont

Il est temps de mourir ;
780 Rien que mon desespoir ne me peut secourir :
C'est le diable en personne !


Ariston

Il attend à la porte.
L'iray-je faire entrer ?


Du Pont

Ha ! fay plustost qu'il sorte ! [53]

---

espèces de culottes relevées que portent les Suisses des gardes
royales ; ou bien d'un vêtement à la mode du XVIe siècle. En tout
cas, il faut qu'il soit vêtu étrangement afin d'accroître l'égarement
de Du Pont.

1. Omission de *je* : faute non signalée par Brosse.

2. Comprendre « qui a de la mine et de l'apparence » (plutôt
que « qui a la mine et l'apparence d'un Cavalier »).

### Ariston

Il paroist honneste homme & de condition :
On ne le peut chasser sans indiscretion.
785 Ne le renvoyez pas ; traitez mieux son merite.

### Du Pont

Je ne suis pas d'humeur à recevoir visite.
Dy luy que, connoissant son merite sans pair,
Je le veux le premier aller voir en Enfer.
Diablotin mon amy, rends moy ce bon office.

### Ariston

790 C'est en trop peu de chose esprouver mon service.

### Du Pont

Escoute : desirant d'estre seul aujourd'huy,
Je te donne congé d'aller avecques luy.

### Ariston

Monsieur, vous m'obligez... mais c'est trop tard !
                                    [il entre [1].

### Du Pont

Ha ! terre, ouvre ton sein & me cache en ton centre !
795 Que ne me puis-je mettre en quelque petit trou ! [54]
Il vient asseurement pour me tordre le cou.

---

1. Omission de *trop* : faute signalée par Brosse.

## Scene IV

## LUCIDAN, DU PONT, ARISTON, CLARIMOND, LISIDOR

### Clarimond

Escoutez cette Scene, elle doit estre bonne :
Cét Acteur la rendra serieuse & bouffonne ;
Lucidan est adroit, & sa dexterité
800 Sçaura tout en mentant dire la verité.

### Lisidor

Mentir & dire vray : cette rare merveille
Me tient dés maintenant enchainé par l'oreille.

### Du Pont

Je n'ose ouvrir les yeux, tant j'ay peur de le voir.

### Lucidan

Monsieur, je viens icy m'acquitter d'un devoir.
805 A quelque haut degré que soit vostre fortune,    [55]
Vous ne nommerez pas ma visite importune.

### Du Pont

Pauvre homme, songe à toy ! le diable est bien meschant.
Pour te mieux attrapper il fait le chien couchant,
Il dit qu'il te connoist, mais c'est un artifice
810 Pour t'induire à luy faire offre de ton service :

Il te prendroit au mot, & puis, dés aujourd'huy,
Il t'escriroit au rang de ceux qui sont à luy.
Tiens bon ! ne luy dy mot, & fay la sourde oreille ! [1]

### Lucidan

Exerça t'on jamais une rigueur pareille ?
815 Mon amy me dedaigne au lieu de m'accueillir !
Ha ! je cede au courroux qui me vient assaillir.

### Du Pont

Je suis mort, autant vaut.

### Lucidan

                              Il faut que mon espée
Vange d'un coup mortel mon amitié trompée !

### Du Pont

Monsieur, laissez moy seul, & prenez ma maison.

### Lucidan

820 Cette offre est maintenant un fruit hors de saison ; [56]
Je te veux immoler !

### Du Pont

                        Helas ! Monsieur le diable !
En cette occasion, montrez-vous pitoyable,

---

1. Si, au XVIIe siècle, on omet déjà le s à l'impératif des verbes
de la première conjugaison, l'usage est incertain pour les autres
verbes (et Vaugelas ne tranche pas), comme on le voit ici où *tiens*
voisine avec *dy* et *fay*.

Soyez maistre ceans, emportez ces tresors,
Ostez moy mes habits, mais espargnez mon corps !
825 Ainsi, par un effet conforme à mon envie,
Dieu vueille vous donner & bonne & longue vie !

### Lucidan

Quoy ! feignant d'ignorer ma naissance & mon nom,
Tu me veux faire icy passer pour un Demon !
Donques, perfide amy, ton ame déguisée
830 A son ingratitude ajouste la risée,
Et dedans ton bon heur presumant trop de toy,
Ta bouche ose vomir des injures sur moy !
De peur de t'obliger à m'estre secourable,
Tu fais l'extravagant & tu m'appelles Diable !
835 Mais je vay t'envoyer par l'effort de ce fer
T'informer pour jamais du contraire en Enfer.

### Du Pont

Ne m'homicidez pas ! [1]

### Lucidan

Il faut que je me vange ! [57]

### Du Pont

J'ayme mieux avoüer que vous estes un Ange !

### Lucidan

Et ce Page ?

---

1. Furetière indique que ce verbe est hors d'usage. Il devait l'être déjà en 1645 ou, du moins, ne subsister que dans les campagnes. C'est un effet burlesque parmi les autres.

## Du Pont *bas*

Ce nom ne luy semble pas laid ;
840 Taschons d'en trouver un convenable au valet.

## Lucidan

Est-il un Ange aussi ?

## Du Pont

Monsieur, sans flatterie,
Il n'est, au prix de vous, qu'un Angelot de Brie ; [1]

## Lucidan

A ce mot, mon courroux s'est rendu plus puissant !
*(Il feint de tirer son espée)*

## Lisidor

Je n'ay jamais rien veu de plus divertissant.

## Du Pont

845 Helas ! c'est à ce coup qu'il s'en va me pourfendre ! [58]

## Ariston

Ne l'apprehendez pas, je sçauray vous deffendre.
Monsieur, pour detourner un eminent malheur,

---

1. Le comique vient ici de ce qu'il s'agit d' « une espèce de petit fromage quarré qu'on fait en Brie, qui est fort gras et excellent » (Furetière). C'est à Saint-Amant qu'il doit son entrée dans la littérature. Dans son poème intitulé *Le Cantal*, il rabaisse tous les autres fromages aux dépens de celui qu'il chante, et notamment le Brie : « O Brie ! ô pauvre Brie ! ô chétif angelot ! » (*Œuvres Complètes*, éd. Livet, Paris, Jeannet, 1855, t. I, p. 283).

Où le dépit vous porte ainsi que la douleur,
Souffrez que mon devoir qui veut icy paraitre
850 S'exprime en peu de mots en faveur de mon maitre.

### Lucidan

Que m'allegueras-tu qui puisse l'excuser ?

### Ariston

Que, s'il a de grands biens, il en sçait bien user,
Que vous devez luy faire un traitement moins rude,
Et qu'il ne fut jamais taché d'ingratitude.

### Lucidan

855 Si tu dis verité, d'où vient donc qu'aujourd'huy
Son amy ne reçoit que du mépris de luy ?

### Ariston

C'est qu'en de certains temps son jugement s'esgare ;
C'est une infirmité qu'il deffend qu'on declare ;
A tout autre qu'à vous j'aurois teu ce secret.    [59]

### Lucidan

860 Page, apprens que je suis un Cavalier discret.
Mais tombe t'il tousjours en des erreurs esgales,
Et son mal n'a t'il point quelques bons intervales ?

### Ariston

Comme il est violent, il faut faire un aveu
Qu'il le prend rarement & qu'il dure fort peu.

Lucidan.

865 D'où dit-il qu'il luy vient ?

Ariston

D'un coup de Coulevrine
Qu'il receut dans la teste au fort de Graveline [1].

Du Pont

*(Il porte les mains à sa teste)*
Les marques y seroient !

Clarimond

Le plaisir est entier !

Du Pont

Celuy qui me pença [2] sçavoit bien son mestier.

Lucidan

Page, puis qu'il est vray que sa méconnaissance     [60]
870 Est une maladie, & non une arrogance,
Je vay l'entretenir d'agreables propos
Et faire mon pouvoir pour le [3] mettre en repos.

---

1. Gravelines est tombé le 28 juillet 1644. Brosse fait allusion à un événement tout récent.
2. Il faut lire *pansa* (Furetière orthographie *pancer*). Soulignons l'amusante situation dans laquelle Brosse a placé son personnage : une hésitation permanente entre l'irréalité et la réalité de ce qui lui arrive. Ainsi, il ne peut croire à la réalité de ses blessures à la tête (v. 867), mais en même temps il doute et suppose qu'il est déjà (et bien) guéri.
3. *Les* : faute d'impression non signalée par Brosse.

### Ariston

Afin de reussir avec plus d'avantage,
Parlez luy de soldats, de guerre & de carnage.

### Du Pont *bas*

875 Je n'appréhende rien à l'esgal de ces noms,
Et je croy que ce sont tout autant de Démons.

### Lucidan

Quoy, Monsieur, vous resvez ? [1]

### Du Pont *bas*

Dy plustost que je tremble !

### Lucidan

Peut estre à la bataille où nous estions ensemble,
Où tant de braves gens tomberent sous vos coups.

### Du Pont *bas*

880 Ces braves estoient donc bien foibles ou bien fous !

### Lucidan

Où le Dieu des combats sous une forme humaine [61]
Moissonnoit comme espics les hommes dans la plaine,

---

1. C'est par cette interpellation de Clindor à Matamore que commence l' « évocation magique » de *L'Illusion comique* (acte II, scène 2, v. 221). Parfait exemple d'intertextualité : Brosse, qui érige son paysan en héros fictif de combats réels, renvoie son spectateur et son lecteur au fameux Matamore de Corneille, soldat réel de combats fictifs.

Où son tranchant acier, estincelant dans l'air,
Estoit tout à la fois & la foudre & l'esclair,
885 Enfin où sa valeur judicieuse & prompte
Fit rougir l'Espagnol & de sang & de honte,
Bref, où pour signaler son zele envers son Roy,
Il creut qu'il devoit vaincre ou mourir à Rocroy[1].

### Clarimond

Il parle...

### Lisidor

Je le sçay sans qu'on  me l'interprette.

### Du Pont

890 Ce Diable est curieux de lire la Gazette.

### Ariston

Monsieur, à contretemps vous faites l'interdit.
Tesmoignez d'avoir veu les merveilles qu'il dit.

### Lucidan

Quoy ! ce fameux combat qui grossit nostre Histoire
A-t'il perdu son rang dedans vostre memoire ?
895 L'avez-vous oublié ?                              [62]

### Ariston

Gardez d'en convenir !

———————

1. Bataille antérieure au siège de Gravelines (19 mai 1643).
« Le Dieu des combats sous une forme humaine » (881), v. c'est
évidemment Condé, comme le comprend tout aussitôt Lisidor
(v. 889).

### Du Pont

Il en reste des traits dedans mon souvenir,
Je pense voir encor des goujarts à la foule,
L'un tuer le mouton, l'autre plumer la poule,
Et l'autre conseiller à son maistre indigent
900 De me chauffer les pieds pour avoir de l'argent.

### Lucidan

On n'a jamais traitté vos pareils de la sorte !

### Du Pont

Plus de cinquente fois !

### Ariston

     Quelqu'un heurte à la porte.

### Lucidan

Page, va t'en l'ouvrir ; je croy que c'est ma sœur,
Il ne tiendra qu'à vous d'en estre possesseur ;
905 Le Ciel ne luy fit pas un visage effroyable.

### Du Pont

C'est d'estrange pays que vient un si beau Diable ! [63]
Il faut que depuis peu quelques nouveaux Enfers
Par ceux de l'autre monde ayent esté découverts [1].

---

1. Raisonnement logique : si l'on a découvert un autre monde
(les Amériques), l'on a dû forcément découvrir de nouveaux enfers.

## Scene V

### CLORISE, DU PONT, ARISTON, LUCIDAN, CLARIMOND, LISIDOR

#### Clorise

Monsieur, je suis venuë afin de satisfaire
910 Aux loix de mon devoir aussi bien que mon frere ;
Je croy que mon abord ne vous déplaira pas.

#### Ariston

Feignez d'estre amoureux de ses charmants apas :
C'est le meilleur moyen d'eviter ses outrages.

#### Du Pont

Que la peur fait chez moy de terribles ravages !

#### Clarimond

915 Sans doute cet endroit sera facetieux                [64]
Et charmera l'oreille aussi bien que les yeux.

#### Lisidor

Je regrette à ce mot celle que j'ay perduë :
Sa voix charmoit l'oreille, & sa beauté la veuë.

#### Ariston

Inventez promptement un compliment de Cour !
920 Ce stupide silence est malpropre en amour.

#### Clorise

Le voila bien en peine !

#### Clarimond

Apprestons nous à rire [1].

#### Du Pont

Du Pont, dy hardiment ce que la peur t'inspire :
Madame, vous avez des cheveux de fin lin,
Le front sans un seillon, & le nez aquillin,
925 Vos jouës en tout temps sont de roses jonchées,
Vos dents sont en bon ordre & des mieux emmanchées,
Vostre bouche est mignarde, & vos devis plaisans, [65]
Vos yeux que j'oubliois sont deux beaux vers luisans,
Vostre gorge est de laict, & vos tetons encore
930 Sont plus beaux que le py de nostre jeune taure.

#### Clorise

Ce grand nombre d'attraits & de perfections
Me donnera-t'il part en vos affections ?
Me pourrez-vous aymer ?

#### Du Pont

Que dites-vous, Madame ?
Vos yeux ont enflamé la paille de mon ame,

---

1. Il faut distinguer ces deux remarques : celle de Clorise est un *aparté*, puisqu'elle participe à l'action enchâssée face à Du Pont ; Clarimond, au contraire, s'adresse une fois de plus à Lisidor, tout en regardant le spectacle depuis la pièce voisine (à travers une paroi en verre).

935 Et si vous n'arrestez leurs violents efforts,
Ils reduiront en feu la grange de mon corps.

### Clarimond

Peut-on de plus beaux mots enrichir nostre langue ?

### Lisidor

Le pire est à mon goust meilleur qu'une harangue.

### Ariston

Monsieur, pour tesmoigner vostre inclination,
940 Vous devez donner ordre à la colation.

### Du Pont

J'approuve ton avis ; va dire qu'on l'appreste,
Et qu'on l'apporte en bref, mais    qu'elle soit
                                          [honneste, [66]
Qu'on nous serve des noix, des pommes, du tourteau,
Du fromage, des aulx, & de mon vin nouveau :
945 Je veux que vous fassiez aujourd'huy bonne chere [1].

### Clorise

Pourrons-nous reconnaitre une faveur si chere ?

### Lucidan

Ma sœur que dites vous ? ne l'esperez jamais !
Il veut nous rendre ingrats à force de bien-faits.

_____

1. Déjà frappant dans les échanges qui précèdent, le contraste comique entre l'être et l'apparence éclate ici : le « seigneur » Du Pont invite ses nobles hôtes à se régaler... d'une frugale collation paysanne.

### Clorise

Au moins, si je ne puis luy rendre des services,
950 Je payray par amour tant de si bons offices.

### Lucidan

Et moy pour n'estre ingrat envers luy qu'à moitié,
J'engage à le cherir toute mon amitié.

### Du Pont

A ce que j'apperçoy, ce Diable est honneste homme ;
Je voudrois pour beaucoup sçavoir comme il se nomme.

### Scene VI                                    [67]

CLORISE, DU PONT, CLARIMOND,
LISIDOR, ARISTON, LUCIDAN,
des Laquais *en habits de Diables, & portansdes plats* [1]

### Clorise

955 D'où vient que vos valets sont habillez de dueil
Et nous viennent troubler des horreurs du cercueil ?

---

1. Cette entrée en scène n'est pas sans rappeler celle des « quatre
demons (qui) entrent portant Chevillart » à la scène 4 de l'acte V
de *Dom Quixote de La Manche* de Guerin de Bouscal (éd. D. Dalla
Valle et Amédée Carriat, Genève-Paris, Slatkine-Champion, 1979).
D'ailleurs la question de Clorise et le cri de Du Pont qui accompagnent cette entrée (v. 955-958) correspondent très exactement à la
question de Fernande et au cri de Sancho : « FERNANDE : Quels
objets effroyables / Se presentent à nous ? SANCHO : Ce sont ma
foy des diables, / Malheureux que je suis j'ay bien preveu cecy, /
et n'ay pas eu l'esprit de m'esloigner d'icy. » (V. 4, v. 1458-1461 ;
éd, cit., p. 125).

### Du Pont

Du Pont infortuné, ta perte est asseurée [1],
Le ciel l'a resoluë, & l'Enfer l'a jurée.

### Clarimond

Je me trompe, ou voicy l'endroit où nous rirons.

### Ariston

960 Servez de ces biscuits & de ces macarons,
De ces citrons confits.

### Du Pont

       Ha ! quels noms effroyables ! [68]
Il appelle à son ayde encore d'autres Diables !

### Ariston

Avecques vos amis vous faites l'estranger ?
Choisissez : ces douceurs ne valent qu'à manger.

### Du Pont

965 Je veux estre pendu si j'en mets en ma bouche,
Si je leur en presente, & mesme si j'y touche !

### Lisidor

Je me lasse à la fin de ses naïvetez.

### Du Pont

Je sens d'un prompt effroy mes membres agitez !

---

1. *Asseure* : erreur non signalée par Brosse.

### Clorise

Ce soudain tremblement luy vient de hardiesse.

### Clarimond

970 Lucidan, c'est assez ; mettez fin à la piece.

### Clorise

Ha ! mon frere, domptez ce violent courroux ! [1]

### Lucidan

Je ne puis plus souffrir qu'il se mocque de nous !   [69]
Habitans eternels du silence & des ombres,
Traisnez ce malheureux en vos demeures sombres.

### Du Pont *à genoux*

975 Diablotins, s'il est vray que par tout l'Univers
On trouve des chemins qui meinent aux Enfers,
Pour faire mes adieux à tout mon voisinage,
De grace, en m'emportant, passez par mon village.

### Lucidan

Que perdez-vous le temps à l'entendre parler ?
980 Hastez-vous de le prendre & de vous en aller,
Que vos rages sur luy soient le jour occupées [2],
Et qu'il couche la nuict sur des pointes d'espées.

---

1. Elle s'adresse à son frère fictif, Lucidan, aux côtés duquel elle se tient, et non, comme on pourrait le croire, à Clarimond qui vient d'intervenir de l'extérieur dans le jeu.
2. *Soit* : erreur non signalée par Brosse.

*(On l'emporte)*

Pages, qu'on le remette en ses premiers habits,
Et puis que l'on le porte aux lieux où l'on l'a pris.
985 Avons nous reussy dedans nos personnages ?

### Lisidor

Personne ne le peut avec plus d'avantages.
Mais bien que dans ce jeu vous ayez triomphé,
Mon soucy s'est couvert & non pas estouffé.
L'aymable souvenir des beautez d'Isabelle,
990 Ainsi que mon amour, rend ma peine immortelle ; [70]
Son excellent merite & ses rares vertus
Soutiennent mes ennuis lors qu'ils sont combattus ; [1]
Et son ombre qui s'offre à toute heure à ma veuë
Chasse & voit ma douleur, me fait vivre & me tuë,
995 Refroidit mon espoir, enflamme mes desirs,
Cause toute ma joye & tous mes déplaisirs.

### Clorise

De semblables transports & de telles tendresses
Dans un cœur genereux passent pour des foiblesses.
Vous devez vous montrer plus constant & plus fort,
1000 Quelque soit envers vous la colere du sort.

### Lisidor

Dites, dites plustost, en faveur d'Isabelle,
Qu'à tort contre mon mal mon ame se rebelle.
Tel est mon sentiment & tel est mon devoir :
Je doy ne vivre plus ne la pouvant plus voir.

---

1. *Combattu* : faute non signalée par Brosse.

1005 Aussi veux-je ajouster à cette perte extréme
Le bien-heureux malheur de me perdre moy-mesme.


### Clarimond

Ce funeste désir se dissipera tout
Lorsque vous aurez veu la piéce jusqu'au bout.


### Lisidor

N'est-ce pas achevé ?                              [71]


### Clarimond

             Le meilleur reste à faire.
1010 Ouvrons cette fenestre, & voyons ce mistere.


### Scene VII

Les Lacquais *deguisez en Diables*,
ARISTON, LUCIDAN, CLARIMOND,
LISIDOR, CLORISE, DU PONT

*(Il faut que Du Pont ait un petart attaché au derriere)*


### Un Lacquais

Il semble que son ame ait quitté sa prison [1].

---

1. C'est-à-dire le corps.

### Ariston

Non, il n'est que tombé dans une pamoison ;
Mais, quelque soit en luy cette langueur profonde,
Le bruit de ce petart le va remettre au monde [1].

*(Ariston & les lacquais s'en fuyent)*

### Clorise

1015  Qu'il doit estre surpris, confus, & désolé !          [72]

### Du Pont

Au meurtre ! l'on me tuë ! au feu ! je suis bruslé !
Cét esclair ensouffré, ce grand coup de tonnerre
A fracassé mes os menus comme du verre.

### Lucidan

Admirez ce que peut l'imagination.

### Du Pont

1020  Je ne sens toutefois aucune fraction.
Sans doute que cet or, cette tapisserie,
Ces Demons, ces petards n'estoient que resverie ;
Quelque effroy que j'aye eu, je dormois seulement,
Cette odeur vinolente [2] en est un argument.

---

1. Ici encore il convient de rapprocher ce dénouement de celui
qui clôt l'aventure de Chevillart dans le *Dom Quixote* de Guérin
(V, 4, éd. cit., p. 139) : Cardenie, sur l'ordre de Fernande, met le
feu à une mèche (v. 1619-1621) reliée aux pétards et aux fusées
que contient le ventre du cheval de bois : l'explosion fait éclater
le ventre du cheval et renverse les deux cavaliers.
2. Néologisme ou mot du terroir ?

1025 Voicy le mesme endroit où Baccus trop superbe,
Pour triompher de moy, me renversa sur l'herbe.
C'est luy qui m'a plongé dans ces confusions
Et fassiné les yeux de mille illusions.
En un mot, je n'ay fait qu'un effroyable songe,
1030 Que je ne veux tenir que pour un pur mensonge.

### Clorise

Quelque esveillé qu'il fut, il croit avoir resvé [1]   [73]

### Du Pont

Mais desja le Soleil est bien haut eslevé.
Du Pont, songe à trouver tes pieds & ton village,
Et raconte ce soir ton songe au voisinage.

### Clatimond

1035 Le bonhomme est party. Lisidor, confessez
Qu'à present vos esprits ne sont plus si blessez.

### Lisidor

Helas ! pensant tousjours à ma chere Isabelle,
Je ne puis qu'esprouver leur blessure eternelle.
Le divertissement que vous m'avez donné
1040 A charmé mon ennuy sans l'avoir terminé.

---

1. Cette conclusion du divertissement tirée par Clorise est à
rapprocher du dialogue qui clôt le divertissement du second acte
(v. 655-670, et particulièrement le v. 664), ainsi que des réflexions
qui termineront ceux de l'acte IV (notamment le v. 1440) et de
l'acte V (v. 1767-1768).

Clarimond

Puis que jusques icy mon industrie est vaine,
Amy, je pers l'espoir d'amoindrir vostre peine,
Et je laisse à ma sœur le soing de parvenir
A trouver un moyen qui la puisse finir.

ACTE IV

Scene Premiere                    [74]

CLORISE, LUCIDAN

*(On leve la toile, & Clorise paraist dans sa chambre avec
Lucidan)*

Clorise

1045 Lucidan, il est tard, & vostre modestie
Remettra s'il luy plaist à demain la partie [1].
Adieu ; laissez moy seule, & sans plus de propos
Allez passer la nuict dans un profond repos.

Lucidan

Ce sera bien plustost dedans l'impatience,
1050 Dedans l'inquietude, & dedans la souffrance.

---

1. L'expression *remettre la partie à demain* n'est pas prise au
sens figuré ici. Clorise et Lucidan étaient très certainement en
train de jouer au piquet : on sait que Clorise en est passionnée
(cf. les vers 385-387).

Les charmes du sommeil seront tous impuissans
Pour lier cette nuict l'usage de mes sens :
Je vous verray tousjours, & vostre belle image
Presente à mon esprit recevra son hommage.
1055 Mais pour vous obeyr, j'abandonne ce lieu.   [75]

### Clorise

Adieu donc.

### Lucidan

Je mourrois si je disois adieu.

## Scene II

### CLORISE, LISIDOR, CLARIMOND

### Clorise

Courage ! tout va bien, je tiens la chose faite,
Tout me reussira comme je le souhaitte :
Cet amant transporté dedans sa passion
1060 Applanit le chemin à mon intention ;
Son esprit inquiet, son ardeur violente,
Son caprice, en un mot, remplira mon attente.
Il se jette luy-mesme au piege que je tends,
Et n'en sortira pas si je prends bien mon temps.
1065 La natte & les tapis dont sa chambre est tenduë
Ont soustrait de tout temps une porte à sa veuë.
Sans qu'il soit de besoing d'autre narration,   [76]
Voila le fondement de mon invention.
Vous serez dedans peu satisfaits l'un & l'autre.

### Lisidor

1070 On ne voit point d'esprit adroit comme le vôtre.

### Clorise

Tréve de raillerie ; avancez seulement.
Lucidan est pour l'heure en son appartement,
Je m'en vay m'apprester à commencer l'intrigue.

### Clarimond

Va, ma sœur ; de ses biens le Ciel te soit prodigue.
1075 Advançons à pas lents, racourcis & comptez,
Et demeurons muets de peur d'estre escoutez [1].

### Scene III     [77]

### LUCIDAN, CLARIMOND, LISIDOR

Lucidan *dans sa chambre, la porte en estant ouverte*

Sommeil, retire-toy, ton abord m'importune :
Je veux m'entretenir de ma bonne fortune,
Et, malgré ta langueur, resver jusques au jour

---

1. Nos deux spectateurs s'avancent, mais où ? sans doute près
de la cloison de verre qui sépare la pièce dans laquelle ils se trouvent
de la chambre de Lucidan. Mais aucune indication intratextuelle
ne l'indique clairement. Au contraire la suite du texte complique
notre compréhension de la mise en scène, puisque l'action passe
sans cesse de la chambre de Lucidan à celle de Clorise. R. Horville
a suggéré judicieusement qu'ils pourraient se trouver dans un étroit
compartiment situé entre les deux chambres, sur lequel donnerait
la porte dérobée par laquelle s'esquive Clorise ; ainsi s'expliquerait
aussi que Clorise puisse s'adresser aux deux spectateurs au cours
de ses allées et venues, (art. cit., p. 124, n. 1).

1080 A l'adorable objet pour qui j'ay de l'amour.
Tu persistes en vain à me vouloir abattre ;
J'ay dessus mon tapis des armes pour te battre :
Ces pieces de Theatre & ces nouveaux Romans
Me fourniront assez de divertissemens
1085 Afin de repousser l'assaut que tu me livres.
Je ne veux seulement que prendre un de ces Livres :
Celuy qui tombera le premier sous mes mains,
Soit Poesie ou non, rendra tes efforts vains.
Voicy le temps perdu d'un Poëte à la mode :
1090 Je prens plaisir à lire un Sonnet ou quelque Ode ;
Dés le premier fueillet j'en trouve une à propos :
« Ode à l'honneur d'Amour » ; lisons-en quelques
[mots.

Amour, Autheur de toutes choses,                [78]
Petit Dieu, vigoureux enfant,
1095 De qui le pouvoir triomphant
Me couronne aujourd'huy de Roses,
Que celuy fut Ingenieux,
Qui, comme on peint la Mort, te dépeignit sans yeux !
Comme elle, tu ne crains & n'épargnes personne,
1100 Les Roys t'avoüent leur vainqueur [1],
Et l'éclat qui les environne
Ne sert qu'à te montrer leur cœur [2].

Cette façon de vers est assez raisonnable :
La mesure en est belle, & la cheute agreable.

---

1. *avoüent* : le mot compte pour trois syllabes.
2. Ces vers sont très probablement de Brosse. A propos du commentaire élogieux dont il les fait suivre, cf. les éloges que les personnages de *La Comédie des comédiens* de Scudéry décernent aux œuvres de Scudéry (acte II, scènes 1 et 2 : l. 284-291 et l. 362-370, éd. J. Crow, Univ. of Exeter, 1975).

1105 Amour, de qui je suis & l'ordre & les conseils,
Ayde au desir que j'ay d'en faire de pareils.


SCENE IV

CLORISE,  LUCIDAN
CLARIMOND,  LISIDOR

Clorise

Jusqu'à quand Lucidan veut-il estre Poëte ?

Lucidan

Est-ce l'ombre ou le corps du bien que je souhaite ?
Ce bon-heur impréveu fait ma confusion,
1110 Et je le prens quasi pour une illusion.
Clorise est-ce donc vous ?

Clorise

                    N'en soyez point en doute.

Lucidan

Beau sujet...

Clorise

                    Parlez bas, que mon frere n'écoute.

Lucidan                              [80]

Beau sujet de ma flame, objet delicieux,
Mon ame pour vous voir est toute dans mes yeux.
1115 Mais pourray-je estre instruit de ce qui vous ameine ?

### Clorise

Je viens vous raconter mon amoureuse peine,
Et rendre, s'il se peut, mon martyre plus doux,
En passant en ce lieu la nuict auprés de vous ;
Mais à condition que vous serez modeste,
1120 Et paroistrez discret jusque dans vostre geste.
Autrement...

### Lucidan

                    Il suffit. Comme je veux agir [1],
Ces beaux Lys n'auront point de sujet de rougir :
Quel que soit mon amour, ma raison est plus forte.

### Clorise

Avant que de vous seoir, allez fermer la porte.

### Lisidor

1125 A quoy tend son dessein ? J'en suis émerveillé.

### Clarimond

A ce que Lucidan resve tout esveillé.

### Lucidan

Vous estes obeye, & la porte est fermée.          [81]

### Clorise

L'est-elle bien aussi ?

---

1. *Il suffit comme je veux agir* : nous corrigeons.

#### Lucidan

           Mieux qu'à l'accoutumée ;
On ne la peut ouvrir sans un extreme effort :
1130 J'ay tiré les verroux, & doublé le ressort.

#### Clorise

Vous pouvez maintenant exercer vostre veine.
Vous composez des vers sans estude & sans peine,
Et tel dedans Paris passe pour grand Auteur,
A qui dans un besoing vous seriez Precepteur.

#### Lucidan

1135 Quand il seroit ainsi, c'est un foible avantage :
On est mal-aisement bon Poëte & bien sage.

#### Clorise

C'est une vieille erreur des stupides esprits
Dont il faut negliger l'estime & le mépris.
Lucidan, n'ayez plus cette indigne creance,
1140 Et pour la condamner, sçachez qu'elle m'offence : [82]
J'ayme à me divertir en ce noble entretien,
Et parfois mon genie y rencontre assez bien.

#### Lucidan

Quoy ? vous faites des vers ?

#### Clorise

           Au moins je m'en escrime,
Et je connois un peu les regles de la rime ;

1145 Je sçays aucunement comme il les faut tourner,
Et le nombre des pieds qu'il convient leur donner.

### Lucidan

Dites en quelques-uns.

### Clorise

Une ardeur qui m'altere
M'empesche de parler & de vous satisfaire.
Quelqu'un ne sçauroit-il vous apporter de l'eau ?

### Lucidan

1150 Il ne faut qu'appeller la Roche du hameau [1] :
Qu'on puise de l'eau fraische & que l'on me l'apporte !

### Clorise

Personne n'entendra si vous n'ouvrez la porte.

### Lucidan

Je m'en vay donc l'ouvrir, & crier hautement.    [83]

### Clorise

Tandis qu'il ne voit pas, sortons subtilement.

*(Elle sort par une porte que couvre la tapisserie,
& qui est inconnue à Lucidan)*

---

1. C'est sans doute le nom d'un serviteur, comme le confirme
les v. 1165 sq. Peut-être y a-t-il dans le choix de ce nom quelque
trait d'humour qui nous échappe aujourd'hui : Furetière signale
que le surnom populaire d'un libertin convaincu est la *Roche*.

### Lisidor

1155 Je ne voy point encor où tend son artifice.

### Clarimond

Assurez-vous pourtant qu'il faut qu'il reüssisse.

### Lucidan

Ma clef a de la peine à tourner ce ressort ;
Celuy d'une prison ne seroit pas plus fort.
Clorise, dissipez la peur qui vous travaille :
1160 Il faudroit pour entrer penetrer la muraille ;
Là porte estant fermée, il n'est Demon ny Dieu
Qui vous puisse avec moy surprendre dans ce lieu.
Apres plusieurs efforts, enfin, elle est ouverte.

*(A mesme temps que Lucidan ouvre la porte, Clorise paroist,
tenant d'une main un flambeau & de l'autre une esguiere)*

Mais quelle fausse image à mes yeux est offerte ?
1165 Que voy-je ? juste Ciel !

### Clorise

                    Tenez, voila de l'eau.
Vous appellez en vain la roche du hameau :          [84]
Dans chaque appartement la nuict calme & profonde
Sous le faix du sommeil accable tout le monde.
C'est le sujet pourquoy Clorise a pris le soing
1170 De vous apporter l'eau dont vous avez besoing.

### Lisidor *bas*

Adresse ingenieuse, autant qu'elle est risible.

### Lucidan

*(Il cherche partout dans sa chambre)*

Clorise, estes vous donc devenuë invisible ?
Et m'avez vous soustrait vostre aymable beauté
Par la force d'un charme, ou par agilité ?
1175 D'un seul mot, sur ce point, éclaircissez mon doute :
Estes vous dans ma chambre, ou si je ne voy goute ?

### Lisidor

Ce n'est pas sans sujet qu'il paraist interdit.

### Lucidan

Elle est tout aussi peu dessus que sous le lict.

### Clorise

Lucidan, d'où vous vient ce transport que je blâme ?
1180 Dites, qui cherchez vous ?

### Lucidan

                    Je vous cherche, Madame. [85]
Vostre abord dans ce lieu me rend ainsi confus ;
Lors que je vous y voy, je ne vous y voy plus,
En arrivant icy, vous en estes sortie.

### Clorise

A de pareils discours je suis sans repartie.

### Lucidan

1185 Et Lucidan n'est pas sans trouble & sans effroy.

Clorise

Avez vous proposé de vous mocquer de moy ?

Lucidan

Je sois hay de vous autant que je vous ayme [1],
Si tout ce que je dy n'est la verité mesme !

Clorise

De grace, Lucidan, parlez plus sagement.
1190 Je ne suis point venuë en cest appartement ;
Vous me faites rougir, & ma pudeur s'offence
Que vous ayez de moy cette indigne creance.
Une fille d'honneur & de condition
Conserve & cherit plus sa reputation,            [86]
1195 Et, quelque grand que soit le feu qui la consomme [2],
Elle entre rarement dans la chambre d'un homme.

Lucidan

C'est feindre trop long-temps ; tirez moy de soucy :
Ne vous parlois-je pas tout maintenant icy ?

Clorise

Non.

Lucidan

Si vous n'en jurez, je ne vous sçaurois croire.

---

1. Subjonctif sans *que* dans une proposition principale : construction régulière au XVII<sup>e</sup> siècle.
2. Voir *supra*, v. 545, n. 1.

### Lisidor

1200 Il n'est point de Roman qui vaille ceste histoire [1].

### Lucidan

Jusqu'à quand tiendrez vous mon esprit en suspends ?

### Clorise

Lucidan, c'est assez railler à mes dépens !
Vous ne deviez [2] jamais me traitter de la sorte,
Adieu ; je laisse icy le courroux qui m'emporte.

## Scene V

## LUCIDAN, CLARIMOND, LISIDOR

### Lucidan

1205 Madame, revenez ! Je la rappelle en vain ;
Son deplaisir paroist dans son depart soudain ;
Elle ne m'entend plus, & ce trait de colere
M'apprend jusqu'à quel point j'ay bien pû luy déplaire.
Courons donc apres elle, & la pressons si fort
1210 Que nous en obtenions le pardon ou la mort.

### Clarimond

Tirons nous à l'écart de peur qu'il ne nous voye [3].

---

1. On aura noté la gradation que Brosse a ménagée dans les
commentaires de Lisidor, depuis le vers 1125.
2. Emploi de l'indicatif imparfait courant encore au XVIIe siècle,
tandis que l'usage actuel appelle ici le conditionnel.
3. Ce vers accroît notre perplexité relativement à la mise en
scène de ce troisième spectacle (cf. v. 1076, n. 1) : il laisse supposer

### Lucidan

Je vais aveuglement où mon amour m'envoye :
Clorise me deust-elle encore quereller,
Je veux absolument la voir & luy parler.
1215 Sa chambre n'est pas loing, trois pas m'y peuvent
[rendre,
Allons luy declarer ce qui m'a fait méprendre ;     [88]
Qu'elle sçache comment mon esprit amoureux
S'est luy-mesme formé cet abus malheureux.

### Lisidor *bas*

Que luy dira Clorise ? & par quelle autre ruse
1220 Pourra-t'elle avoüer ou blamer son excuse ? [1]

### Clarimond

Cela me met en peine aussi bien comme vous [2].

### Lucidan

Ma crainte, mon respect, mon feu, hazardons nous !
Puis que voicy sa chambre, appellons cette belle :
Clorise, répondez !

---

que les deux spectateurs se tiennent devant l'entrée principale de la
chambre de Lucidan. C'est seulement ensuite qu'ils pénètrent dans
le compartiment intermédiaire rendu nécessaire par le jeu de scène
des vers 1351-1359 : ils doivent y pénétrer aux vers 1251-1252.

1. Après avoir apprécié le spectacle en quelque sorte « de l'extérieur », Lisidor, spectateur modèle, commence à se laisser entraîner
par le phénomène d'identification et à envisager le spectacle « de
l'intérieur ».

2. Cf. *supra*, v. 77, n. 1.

### Scene VI

## CLORISE, LUCIDAN
## CLARIMOND, LISIDOR

#### Clorise *dans sa chambre*

Qui heurte & qui m'appelle ?

#### Lucidan

1225 Le triste Lucidan qui demande à vous voir.    [89]
Accordez luy ce bien.

#### Clorise

Je sçay mieux mon devoir.
Monsieur, il est trop tard, vostre esperance est vaine,
Vous m'instruirez demain de ce qui vous ameine.

#### Lucidan

Madame, que peut faire un amant éconduit ?

#### Clorise

1230 Que doit faire une fille en ses habits de nuit ?
Monsieur, que vostre amour ait moins d'impatience,
Ce que vous demandez choque la bienseance,
Je n'ouvre point ma porte.

#### Lucidan

Ha ! c'en est assez dit.

### Clorise

Adieu ; retirez vous, je vay me mettre au lict.

### Lucidan

1235 Au moins, belle Clorise, avant que je m'en aille,
Delivrez mon esprit du soing qui le travaille :      [90]
Vostre soudain courroux a t'il quitté ses traits ?

### Clorise

Il n'en a point pour vous, & n'en aura jamais ;
Ce seroit me hayr & me blesser moy-mesme.

### Lucidan

1240 Mon cœur nage à ce mot dans une joye extréme ;
Je vous laisse en repos, digne objet de ma foy ;
Je vay veiller pour vous, allez dormir pour moy.

### Clorise

Continuons mon jeu, le temps [1] m'est favorable.

*(Elle sort de sa chambre, & s'en va dans celle de Lucidan,
où elle se met sur la chaise sur laquelle elle s'estoit assise
la premiere fois)*

### Lucidan

Mon bon-heur est si grand qu'il est incomparable :
1245 Le courroux de Clorise est tout à fait dompté,

---

1. Entendons *le moment, l'occasion.*

Et mesme elle a regret de m'avoir mal traitté.
Ciel ! que son déplaisir me fait avoir de joye !
Mon cœur s'y plonge entier, & mon ame s'y noye ;
Si je dors cette nuict, mon assoupissement
1250 Viendra moins de sommeil que de ravissement.

### Clarimond

Lisidor, approchons, & par cette verriére
Regardons leur joüer la piéce toute entière.        [91]

### Lucidan *en entrant dans sa chambre*

Où suis-je ? qu'apperçoy-je ?

### Clorise

Apportez vous de l'eau ?

### Lucidan

Ce fantosme m'effraye, encore qu'il soit beau.

### Clorise

1255 Répondez, Lucidan ! m'apportez vous à boire ?

### Lucidan

Mon oreille & mes yeux, vous m'en faites accroire !
Clorise est retiree en son appartement :
Vous ne me la montrez qu'en songe seulement.

### Clorise

Donc il me faut souffrir cette soif importune ?

### Lucidan

1260 Mon mal vient de l'excez de ma bonne fortune.
Ma maistresse m'a fait un accueil gratieux,          [92]
Et mon ressouvenir la presente à mes yeux.
Partout je la croy voir, partout je la rencontre,
Absente ou non de moy, mon amour me la montre.
1265 Reine des passions, tu fais autant qu'un Dieu
De mettre en mesme temps un corps en plus d'un lieu [1].

### Clorise

D'où vous vient cette humeur si fort extravagante ?

### Lucidan

Sa parole à la fois me charme & m'espouvante.
Image, ombre, fantosme, idole, illusion,
1270 Agreable sujet de ma confusion,
Ne conçoy pas l'espoir que je te favorise :
Je suis trop bien instruit que tu n'es pas Clorise,
Et la raison en est qu'en ce mesme moment
Elle est seule enfermee en son appartement ;
1275 Je la viens de quitter, ce n'est point un mensonge.

### Clorise

Lucidan, en veillant vous avez fait un songe.
Au reste, mettez fin à ces propos railleurs :
Puisque je suis icy, je ne puis estre ailleurs.

---

1. Lucidan justifie lui-même ce qu'il prend pour des hallucina-
tions, de la même façon que Cléonte (acte II ; v. 500-502 et 605-
608) ; à la différence que le premier rend responsable l'excès de sa
joie et le second l'excès de sa tristesse. Leur amour pour Clorise
est dans les deux cas à l'origine de ces sentiments excessifs.

### Lucidan

Quoy ? vous estes Clorise ?

### Clorise

Egarement extréme ! [93]

### Lucidan

1280 La sœur de Clarimond ?

### Clorise

Ouy, je suis elle-mesme,
Que voulez-vous de plus ? n'estes vous pas content ?

### Lucidan

Mais comment pouvez-vous estre en un mesme instant,
Sur une chaise, au lict, dévestuë, habillee,
Icy, dans vostre chambre, endormie, esveillee,
1285 Parler, ne dire mot, me voir, ne me voir pas,
Estre absente de moy, marcher dessus mes pas,
Tomber dessous les sens, & n'estre pas sensible ?
Clorise, cet accord n'est-il pas impossible ?
Et n'est-ce pas à tort que vous vous promettez
1290 De me persuader ces contrarietez ?

### Clorise

Vous dormez tout debout, Lucidan ; je vous quitte.
Vous reconnoissez mal l'honneur d'une visite.

### Lucidan

J'auray du déplaisir si je ne vous conduis.     [94]

### Clorise

Ouy, venez dans ma chambre, & voyez si j'y suis.

### Clarimond *bas & à l'écart*

1295 Dedans ce passe-temps trouvez-vous quelques charmes ?

### Lisidor

Ma tristesse commence à mettre bas les armes.

### Clorise

Ouvrez la porte, entrez, & me cherchez par tout.

### Lucidan *dans la chambre de Clorise*

Il faut croire en effet que je dormois debout.
Madame, en ce besoing, je manque de parole :
1300 Vous estes ma maistresse, & non pas son idole.
Comme on en void plusieurs qui marchent en dormant,
Le sommeil m'a conduit à vostre appartement ;
Et, comme à mon desir ma passion me flatte,
J'ay creu que j'entendois vostre voix delicate.
1305 Mais mon extreme amour m'ayant ainsi deceu,     [95]
Je demande un pardon que j'ay desja receu.

### Clorise

Si vous l'avez receu, Lucidan, je vous l'oste.
Un pardon octroyé presuppose une faute ;
Vous n'en avez point fait, au moins en mon endroit,
1310 Et je condamnerois celle qui s'en plaindroit.
Allez passer la nuict dedans cette creance.

### Lucidan

C'est à dire songer à vostre bien-veillance.
Je le promets, Madame ; & de n'oublier pas
Vos generositez non plus que vos appas.

*(Il sort de la chambre de Clorise)*

### Clorise

1315 Retournons luy joüer une piece nouvelle.

### Lucidan *en s'en allant dans sa chambre*

Ma maistresse est du moins aussy sage que belle :
Une autre auroit puny l'erreur de son amant,
Et ma punition est un remerciment.

### Clarimond

Amy, rapprochons nous [1]. Ma sœur a tant d'adresse
1320 Que nous verrons encor quelque trait de souplesse. [96]

### Lucidan *dans sa chambre*

Le calme de la nuict me convie au sommeil,
Et ma toilette ouverte en est un appareil.
Mais je veux neantmoins, avant que m'y resoudre,
Desseicher mes cheveux avec un peu de poudre ;
1325 Mon miroir & mes yeux diront tacitement
Si j'en distriburay partout esgalement.

---

1. Jeu de scène qui nous échappe.

*(Clorise entre par la fausse porte, & se met derriere Lucidan,*
*en sorte qu'il la void dans son miroir)*

Mais, ô nouveau sujet d'une surprise extréme,
Je voy dans mon miroir le visage que j'ayme,
Clorise m'y paraist avec tous ses attraits,
1330 Et je découvre icy jusqu'à ses moindres traits,
Cette glace de soy ne pouvant rien produire,
Il faut croire present l'astre que j'y voy luire ;
Cette aymable copie & ce portrait fatal
Ne sçauroient subsister sans leur original.
1335 Mais, helas ! que j'ay peur d'une contraire issuë,
Et qu'en le voulant voir il se cache à ma veuë [1] ;
Bien que je sois pressé d'un desir violent,
Je me retourne en crainte, & me léve en tremblant.

*(Icy Clorise s'esquive)*

Je n'ose presque pas sortir de cette place ;
1340 D'amoureux enflamé, je deviens tout de glace,
Mais quoy qu'il en arrive, il faut m'évertuer ;
Le dessein que j'ay pris se doit effectuer.
Sus donc ! cherchons partout, sous le lict, sous la
[table !
Il faut qu'il soit icy cet objet adorable !          [97]
1345 Détournons ces tapis, detendons ces rideaux,
Regardons mesme encor derriere ces tableaux,
Remüons, deplaçons, renversons toute chose,
Trouvons de mon transport le principe & la cause,
Et, pour donner un terme à ma confusion,
1350 Confondons tout ceans en cette occasion.

---

1. Construction maladroite : *que* dans ce vers dépend du verbe
*j'ay peur* ; il ne s'agit pas d'un *que* exclamatif comme dans le vers
précédent.

### Clorise *bas*

Lisidor, escoutez, & vous aussy mon frere.

*(Elle leur parle à l'oreille)* [1]

### Lucidan

Je travaille beaucoup, & je ne gaigne guere ;
Je cours où je sçay bien ne pouvoir arriver,
Et cherche ce qu'icy je ne sçaurois trouver,
1355 Pareil à ces enfans qui voyans dedans l'onde
Cet astre qui sert d'œil à tous les yeux du monde,
Se flattent de l'espoir qu'en se peinant un peu,
Ils prendront dedans l'eau cette source de feu.

### Clarimond *bas*

Clorise, c'est assez ; vous verrez nostre adresse.

*(Clorise s'en retourne)*

### Lucidan

1360 Cette comparaison exprime ma foiblesse :
Mes yeux cherchent icy ce qu'ils n'y peuvent voir
Et que ma seule idée a peind dans mon miroir. [98]

### Clarimond

Lucidan, hastez-vous de m'ouvrir ceste porte ! [2]

---

1. C'est la première fois que le public est moins informé que celui qui jusqu'alors constituait son double scénique, Lisidor.
2. Pour la seconde fois depuis le début des divertissements, Lisidor (qui accompagne ici Clarimond) quitte quelques instants son statut de spectateur pour *jouer un rôle*. En fait, il ne fait guère que suivre Clarimond : il intervient seulement trois fois (v. 1387-1390, 1417-1418 et 1421) et, le reste du temps, il regarde.

### Lucidan

Est-ce vous, Clarimond ?

### Clarimond

                La colere m'emporte !
1365 Ouvrez sans discourir ! autrement...

### Lucidan

                        J'obeis.
Qu'est-ce donc ?

### Clarimond

*(Clarimond & Lisidor entrent dans la chambre de Lucidan)*
                Tous mes soins sont aujourd'huy trahis !
Ma sœur dans vostre chambre estre seule à cette heure !
Il faut que de ma main cette indiscrete meure,
Et puis, entre nous deux, nous pourrons à loisir
1370 Vous, montrer vostre amour, & moy, mon déplaisir.

### Lucidan

Dessus quoy fondez vous un discours si frivole ?

### Clarimond

Sur vostre estonnement, & sur vostre parole.        [99]
Vous estes interdit, & d'ailleurs je suis seur
De vous avoir oüy tout haut nommer ma sœur.
1375 C'est ainsi que le Ciel, qui vous hait & qui m'ayme,
A porté vostre langue à vous trahir vous-mesme,
Et qu'il m'a suggeré, pour vous surprendre mieux,
De venir sans lumiere & sans bruit en ces lieux.

### Lucidan

Avant que me blâmer, écoutez la surprise
1380 Qui m'a fait prononcer le beau nom de Clorise.

### Clarimond

Lucidan, je veux voir, & ne point écouter.

### Lucidan

Un cœur comme le mien n'a rien à redouter.
Visitez ceste chambre, & voyez l'un & l'autre
S'il fut jamais soupçon moins juste que le vostre :
1385 Cherchez, & pour voir clair aux lieux les plus obscurs,
Ayez des yeux de Linx qui penetrent les murs.

### Lisidor

Clarimond, nous prenons une peine inutile.
Vostre creance est fausse, autant comme incivile, [100]
Et Lucidan a droit d'escouter à son tour
1390 Les conseils violents d'un genereux amour.

### Clarimond

Je merite en effet d'éprouver sa colere.

### Lucidan

Comme j'ayme la sœur, je respecte le frere.
Mais, pour vous retirer tout à fait de l'erreur
Qui vous faisoit parler avec tant de fureur,
1395 Sçachez qu'à tout propos mon amour sans pareille
Trompe agreablement mes yeux & mon oreille,

Faisant que je croy voir & que je pense oüyr
La divine beauté dont j'espere joüyr ;
Mon ame, par mes sens de la sorte trompee,
1400 Suit & cherit l'abus dont elle est occupee ;
Dans cet égarement, je nomme sans dessein
L'objet imperieux qui regne dans mon sein,
Voila de vos soupçons, la cause & l'origine.

### Clarimond

J'en veux tarir la source & couper la racine.
1405 Adieu. Contre moy-mesme à bon droit irrité,
Je vous feray raison de ma temerité.

*(Lucidan prend le flambeau pour les conduire)*

Ne prenez pas le soing de nous venir conduire.
En pensant nous servir, vous pourriez bien nous
                                        nuire : [101]
Estans venus icy sans lumiere & sans bruit,
1410 Nous en voulons sortir dans l'ombre de la nuict,
De peur qu'en esveillant Clorise qui repose,
Nous luy donnassions lieu de croire quelque chose.
J'en aurois dedans l'ame un mortel déplaisir.

### Lucidan

Je n'entreprendray rien contre vostre desir.
1415 Et comme vostre peur est assez raisonnable,
J'obeis, & remets ce flambeau sur la table.

### Lisidor

Il ne vous reste plus, puis qu'il nous faut partir,
Qu'à nous ouvrir la porte, & nous laisser sortir.

### Lucidan

Volontiers.

*(Il va ouvrir la porte. Clorise entre dans la chambre,
Clarimond en sort habilement par la fausse porte)*

### Clorise *bas à Clarimond*

Il est temps de vous rendre invisible.

### Clarimond *bas en sortant*

1420 Il faut voir ce détour pour le croire possible.

### Lucidan *ayant ouvert la porte*

Passez.                                              [102]

### Lisidor *en sortant*

Adieu, Monsieur ; demeurez en repos.

### Clorise *en sortant apres Lisidor*

Oubliez mes soupçons conceus mal à propos [1].

### Lucidan

Qu'entens-je ? qu'apperçoy-je ? incroyable surprise !
Quel charme a transformé Clarimond en Clorise,

---

1. Ce jeu de scène explique l'insistance des vers 1407-1416 sur
la nécessité de faire l'obscurité : Clorise se perd dans la nuit (« nous
en voulons sortir dans l'ombre de la nuit » avait dit Clarimond :
v. 1410) et Lucidan, qui reste sur une impression fugitive, ne peut
que s'interroger.

1425 Ou bien plustost quel Dieu vient pour me faire peur
     D'aneantir le frere & de créer la sœur ?
     Saisi d'une frayeur qui n'eut jamais d'égale,
     Je tombe à l'impourveu dans un nouveau Dédale,
     Où, parmy les detours de cent chemins divers,
1430 Je marche aveuglement bien que les yeux ouverts.
     Mais r'allumons en nous la lumière éclipsee,
     Chassons l'obscurité qui regne en ma pensee,
     Remettons ma raison dedans son premier jour,
     Et de mes visions n'accusons que l'amour.
1435 C'est cette passion qui dans sa violence
     Me figure l'objet dont j'ayme la presence,
     Et qui, me renversant l'imagination,
     Flatte, ou plustost seduit mon inclination.     [103]
     Mais je veux mettre fin à de pareils mensonges,
1440 Je suis las en veillant, de faire de tels songes,
     Je vay [1] pour cet effet essayer en dormant
     A resver [2] pour le moins plus raisonnablement [3].

*(Il éteint le flambeau & se met sur son lict, puis l'on abaisse*
*la toile)*


Clorise

Avez vous pris plaisir à ces galanteries ?

---

    1. *Je n'ay* : faute d'impression non signalée par Brosse.
    2. *Essayer à rêver* : « les verbes *tâcher, essayer, s'efforcer* (...)
s'employaient très souvent avec *à* au XVIIe siècle » (Haase, *Syntaxe*,
§ 124, p. 330).
    3. Comme dans les deux mystifications précédentes, le discours
vient couronner l'action proprement dite, avec ses exclamations,
ses antithèses, ses affirmations paradoxales.

### Lisidor

Madame, j'en ressens mes douleurs amoindries.
1445 Je ne le cele [1] point, vous m'avez diverty,
Sans qu'à ce jeu, pourtant, mon ame ait consenty :
Tandis que d'un œil sec j'admirois vostre adresse,
Mon cœur pleuroit du sang, & soupiroit sans cesse.
Mais voicy Clarimond.

### Clarimond

                                Un autre pouvoit-il
1450 Dans le tour que j'ay fait se montrer plus subtil ?

### Clorise

Un éclair disparaist avec moins de vitesse.

### Clarimond

Quoy que vous en disiez, vous estes ma maistresse,
Et celuy-là sans doute auroit peu de raison
Qui feroit de nous deux une comparaison.
1455 Que me veut Ariston ?


### Scene VII                    [104]

### ARISTON, CLARIMOND,
### CLORISE, LISIDOR

### Ariston

                        Dire qu'un Gentilhomme
Vient d'arriver icy.

---

1. Orthographié *celle* au v. 662.

Clarimond

Sçais-tu comme il se nomme ?

Ariston

Je m'en suis informé, sans l'apprendre pourtant.

Clarimond

Qui [1] l'ameine si tard ?

Ariston

Un secret important,
Qu'il m'a dit ne vouloir declarer qu'à vous-mesme ;
1460 Et son impatience en ce poinct est extreme.

Clarimond

Je m'en le vay trouver dans un moment d'icy.
Vous, ma sœur, retirez Lucidan de soucy [2].

---

1. Qu'est-ce qui.
2. La comédie n'est pas cruelle, puisqu'on rassure la victime de
l'illusion : en apparence, le réel, à la fin, l'emporte, une fois que
l'illusion a triomphé. Mais avait-on rassuré Cléonte ? Pour plus
de détails sur cette ambiguïté fondamentale, nous renvoyons à
notre étude « Dramaturgie de l'oxymore... » (voir la bibliographie).

# ACTE V

## CLARIMOND, ISABELLE
### en habit de Cavalier, CLORISE

### Isabelle

Puisque, par un effet de leur bonté supréme,
Les Dieux ont conservé le Cavalier que j'ayme,
1465 Et que dans peu de temps vous me le ferez voir,
Je consens [1] que mon feu r'allume mon espoir.

### Clarimond

Il est juste, Madame ; une flame sincere,
En embrasant un cœur, luy permet qu'il espere.
Mais, avant qu'octroyer le plaisir à vos yeux
1470 De revoir un objet qui leur est precieux,
Effectuons [2] la piece entre nous proposee.    [106]

### Isabelle

J'y suis, pour mon regard, tout à fait disposee ;
Mon rosle me plaist tant que bien loing d'y manquer
Je veux, en le joüant, vous faire remarquer

---

1. *Consentir* était transitif au XVIIe siècle, comme beaucoup d'autres verbes intransitifs aujourd'hui (Haase, *Syntaxe*, § 59, p. 129).
2. *Effectuer* : Furetière donne exclusivement le sens de « mettre une promesse à exécution ».

1475 Tant de naïveté, de grace, & d'artifice,
Que vous confesserez que je suis bonne Actrice[1].

### Clarimond

J'espere que ma sœur s'acquittera du sien.

### Clorise

Je promets de ma part de ne negliger rien.

### Clarimond

Vous avez toutes deux assez de suffisance...
1480 Mais sortez ; j'apperçoy Lisidor qui s'avance.

### Isabelle

C'est luy-mesme, en effet.

### Clorise

                Precipitons nos pas :
S'il vous voit, nostre jeu ne reüssira pas.

## Scene II

### LISIDOR, CLARIMOND

### Clarimond

Je vous allois chercher.                    [107]

---

1. Les définitions des « bons acteurs » sont nombreuses dans les pièces de ce genre, en particulier dans les « comédies des comédiens » (voir notre *Théâtre dans le théâtre*, p. 215-223). Ce vers de Brosse n'apporte rien d'original, si ce n'est un certain flou valorisant qui résulte du rapprochement des mots *naïveté* et *artifice*, mots qui se définissent antithétiquement l'un par l'autre (selon Furetière, *naïveté* : « vérité dite simplement et sans artifice »).

### Lisidor

Un bon Ange m'ameine.
Mais pourquoy vouliez vous vous donner cette peine ?

### Clarimond

1485 En voicy le sujet : dans l'humeur où je suis,
Je veux cesser de vivre, ou vaincre vos ennuis.
Ouy, je veux vous guerir de vostre maladie,
Et mon dernier remede est une Comedie :
Ce divertissement a des charmes secrets
1490 Capables d'arrester le cours de vos regrets,
Et vous n'ignorez pas qu'à present le theatre
Rend de ses raretez tout le monde idolatre,
Qu'ainsi que le plaisant l'honneste fait ses loix,
Bref, qu'il est aujourd'huy le spectacle des Rois.

### Lisidor

1495 Ouy, je sçay que la Scéne est maintenant illustre, [108]
Que de grands spectateurs en rehaussent le lustre,
Je sçay qu'elle est un temple où les meilleurs esprits
A la posterité consacrent leurs écrits [1].

---

1. Comparer avec la tirade d'Alcandre (*Illusion comique*, acte V,
scène 6, v. 1781-1806) :

         ... à présent le Theatre
Est en un point si haut qu'un chacun l'idolastre,
Et ce que vostre temps voyoit avec mespris
Est aujourd'hui l'amour de tous les bons esprits,
L'entretien de Paris, le souhait des Provinces
Le divertissement le plus doux de nos Princes...
. . . . . . . . . . . . . . . . .
C'est là que le Parnasse estalle ses merveilles ;
Les plus rares esprits luy consacrent leurs veilles,

Mais ce noble plaisir ne peut avec ses charmes
1500 Contraindre mon chagrin à mettre bas les armes :
L'empire que sur moy ce tyran s'est acquis
M'a fait perdre le goust des mets les plus exquis.

### Clarimond

Contre l'opinion que vous avez conceuë,
Mon entreprise aura quelque meilleure issuë.

### Lisidor

1505 Qui seront les Acteurs ?

### Clarimond

Lucidan & ma sœur
Ont choisi, pour bien faire, un Rosle à leur humeur.
Ils ne sont pas, pourtant, les premiers de la piece :
Clorise a deferé l'Heroïne à ma niece [1] ;
Cette fille est adroitte, & dans ces actions [2]
1510 Elle excite le peuple aux acclamations.
Ainsi que son esprit, sa beauté la renomme,
Et sa grande vertu [3] fait qu'elle est bien en homme ; [109]
Aussy la verrons nous paroistre en Cavalier.

### Lisidor

Cher amy, vostre soing ne veut rien oublier.
1515 Plus ma douleur s'accroist & devient ennuieuse,

---

Et tous ceux qu'Apollon voit d'un meilleur regard
De leurs doctes travaux luy donnent quelque part.
    (v. 1781-1786 et 1797-1800).
1. Clorise a laissé le rôle de l'Héroïne à ma nièce.
2. Entendons *actions dramatiques*.
3. *Vertu* ici a le sens de *vigueur* (« Force, vigueur, tant du corps
que de l'âme » : Furetière).

Plus vostre affection se rend ingenieuse ;
Elle invente tousjours de nouveaux passetemps,
Et tente en ma faveur [1] une cure du temps.

### Clarimond

Ne m'estimez jamais, si vostre maladie
1520 Ne finit par la fin de nostre Comedie.

### Lisidor

Vous ne me dites point si son sujet est beau.

### Clarimond

Je n'en ay rien appris, sinon qu'il est nouveau.

### Lisidor

Les vers en sont-ils bons ?

### Clarimond

        Les Acteurs les estiment :
Ils les trouvent coulans & disent qu'ils s'expriment.

### Lisidor

1525 Est-ce quelque accident autrefois arrivé ?    [110]
Ou si ce n'est qu'un nœud que l'Auteur a resvé ?

### Clarimond

Vous jugerez tantost ce qu'il en faudra croire,
Si c'est invention, ou bien si c'est histoire.

---

1. L'édition originale présente *à ma faveur*. Or l'usage exigeait
aussi au XVIIe siècle la préposition *en*.

Seions nous seulement, & promettez sur tout
1530 De voir representer la piece jusqu'au bout,
De vous rendre attentif, de garder le silence,
De ne faire paroistre aucune impatience,
D'observer des Acteurs le geste, le maintien,
Le visage, la voix, & de ne dire rien.
1535 Bref, soit que l'action vous surprenne ou vous trompe,
Jurez de ne pas dire un mot qui l'interrompe.

### Lisidor

Pensez vous que je sois indiscret à ce point ?
Vous vous mocquez de moy.

### Clarimond

Je ne m'en mocque point.
Faites quelque serment qui soit inviolable.

### Lisidor

1540 J'en jure une beauté qui n'eut point de semblable,
Je veux dire Isabelle, & ce serment est tel          [111]
Que je voudrois plustost profaner un Autel,
Ouy plustost...

### Clarimond

Il suffit. Mais qu'il vous en souvienne.

*(On leve la toile)*

Cependant, permettons que l'on nous entretienne.
1545 J'apperçoy les Acteurs dessus le poinct d'entrer ;
S'ils sont Comediens, ils nous le vont montrer,

### Scene III

## CLORISE, LUCIDAN,
## CLARIMOND, LISIDOR

### Lucidan

L'Accueil officieux qu'il vous plaist de me faire
Doit esperer l'aveu de Monsieur vostre frere.
Il ne me verra pas d'un œil indifferent :
1550 Il me connoist fort bien, & je suis son parent [1].

### Clorise

J'en reçois de l'honneur & j'en ay de la joye    [112]
Comme d'une faveur que le Ciel nous envoye.
Cependant oserois je, attendant son retour,
Vous adresser deux mots de priere à mon tour ?

### Lucidan

1555 Madame, commandez, vous estes absoluë.
Je signerois ma mort, si vous l'aviez conclüe.

### Clorise

Mon dessein ne tend pas à cette cruauté,
Faites moy le recit de vostre adversité [2].

---

1. « Monsieur vostre frere », « je suis son parent » : dès le commencement, l'action enchâssée dévoile ses liens avec l'action enchâssante. Lisidor s'était en effet présenté comme le *cousin* de Clarimond et de sa sœur (acte II, scène 3, v. 442).
2. *Aversité* : faute non signalée par Brosse.

Lucidan

Puisque vous desirez d'apprendre une infortune
1560 De nul autre soufferte, à nul autre commune,
Et que les maux passez sont doux à raconter,
Madame, en peu de mots je vay vous contenter.
Cette Roche rebelle où le plus grand Monarque
Que l'on ait veu tomber sous l'effort de la Parque,
1565 Aydé dans ses projets d'un celeste secours,
Sceut, pour dompter la mer, en arrester le cours [1],
Est la ville où du Ciel la profonde sagesse
D'un noble & sainct Hymen fit naistre ma Maitresse.
Mais comme les malheurs nous sont tousjours presens,

[113]

1570 On la vit orfeline à l'âge de trois ans,
Un frere qu'elle avoit la prit sous sa tutelle,
Et son affeċtion s'accrust tant envers elle,
Qu'elle fut eslevee avecque tout l'esclat
Que son grand revenu devoit à son estat.

Lisidor

1575 Jusqu'icy ce discours se rapporte à l'histoire
De la beauté qu'Amour fait vivre en ma memoire.
Mais écoutons le reste & ne le troublons point,
De peur de violer mon serment en ce poinct.

Lucidan

Son esprit se formoit à mesure que l'âge
1580 Sembloit la disposer aux loix du mariage,

---

1. Le siège de La Rochelle eut lieu en 1627-1628.

Et sa grande beauté, par des traits innocens,
Commençoit à blesser les cœurs par l'un des sens,
Lors qu'un de mes amis me fit voir la peinture...

### Lisidor

Il n'en faut plus douter, il dit mon avanture.

### Lucidan

1585 De cet Astre animé, de ce jeune Soleil
Qui n'avoit sous le Ciel jamais eu de pareil.          [114]
A son premier aspect, un subtil trait de flame
Penetra par mes yeux jusqu'au fond[1] de mon ame[2],
Et, comme j'estimay ce coup officieux[3],
1590 Les Dames de Bordeaux depleurent à mes yeux.
Bien-tost apres, cedant à mon ardeur nouvelle,
Sans me communiquer je fus à la Rochelle,
Où, prenant à propos l'occasion d'un bal,
Mon fcu, bien que naissant, s'y rendit sans esgal.

### Lisidor

1595 Clarimond, on me joüe !

---

1. *Fonds* : faute non signalée par Brosse.
2. Ce thème de l'amour qui éclate à la seule vue d'un portrait
peint est particulièrement fréquent dans le roman et le théâtre
du XVIIᵉ siècle. Pour une approche de ce thème, voir les études de
J. Rousset, *Leurs Yeux se rencontrèrent* (Paris, José Corti, 1981),
p. 149-156, et « Rencontrer sans voir dans le roman du XVIIᵉ siècle »
in *Mélanges Georges Couton* (Lyon, P.U.L., 1981), p. 189-193).
Parmi les pièces qui mettent en scène ce thème, on peut citer :
*Osman* de Tristan, *Sylvie* de Mairet, *Cariste* de Baro, *Agésilan de
Colchos* de Rotrou. R. Guichemerre, qui cite ces pièces (*La Comédie
avant Molière*, p. 344, n. 50) ajoute que Scarron a eu recours au thème
dans *Le Prince corsaire*, et s'en moque dans *Jodelet* (I, 1).
3. Jusqu'au XIXᵉ siècle, *officieux* a le seul sens de « courtois »,
« qui rend service ». On peut donc comprendre ce vers ainsi : *comme
je faisais cas de ce coup agréable* (de préférence à : comme l'estimais
que ce coup était agréable).

Clarimond

Avez vous la creance
D'estre seul que l'Amour ait mis en sa puissance,
Et qu'un autre, agité de ces desirs ardens,
N'ait jamais esprouvé de pareils accidens ?

Clorise

Doncques dedans le bal vous vistes cette belle ?

Lucidan

1600 Je la vis, & fis tant que j'eu[1] place aupres d'elle ;
On me prit pour dancer, je la pris à mon tour.

Clorise

Jusqu'icy, tout succede au gré de vostre amour.

Lucidan

Depuis, ma passion, plus forte & plus hardie,    [115]
Me fit mettre aupres d'elle en une Comedie,
1605 Où, selon le sujet du divertissement,
J'exprimay mon ardeur ingenieusement :
Ibrahim loüoit-il les attraits d'Isabelle ?
Je luy disois tout bas « vous en avez plus qu'elle »,

---

1. En dépit des deux verbes précédents, nous ne modifions
pas la graphie de *eu* : Brosse (ou son imprimeur) présente indifé-
remment la 1re personne du passé simple avec ou sans *s*. Vaugelas
condamne son absence : « C'est contre l'Usage de nostre langue,
qui ne le permet qu'à la première personne du present de l'indicatif
et non pas aux autres temps » (*Remarques*, p. 132). Dans *Les Songes*,
voir les v. 1721, 1724, 1730, 1732...

Et lors qu'à Soliman ils donnoient de l'ennuy,
1610 « Je suis (disois-je encor) plus amoureux que luy » [1].

### Lisidor

Clarimond, c'est assez ! mes transports sont extremes !
Voila les sentimens, & les paroles mesmes
Par qui ma passion tachoit de s'expliquer.

### Clarimond

Ne l'interrompez plus ! vous le ferez manquer.

### Lucidan

1615 Ce trait de mon humeur sceut un jour la reduire
A souffrir qu'au logis je l'allasse conduire.
Elle m'y fit entrer, & dans nostre entretien
Mon cœur adroittement se découvrit au sien.

### Lisidor

Par cette adresse aussy, je luy montray mon ame. [116]

### Lucidan

1620 Elle me tesmoigna qu'elle approuvoit ma flame :
La preuve que j'en eus fut un chaste baiser.

### Lisidor

C'est ainsi qu'il luy plut de me favoriser.

---

1. Ibrahim, Isabelle et Soliman sont les protagonistes de la
tragi-comédie de Scudéry, *Ibrahim* (publiée en 1643).

### Lucidan

Alors ma passion eut tant de violence
Qu'elle me contraignit de rompre le silence.
1625 Je m'ouvris à son frere, & dedans peu de jours
Je luy fis accepter l'offre de mes amours ;
Honnoré d'un aveu que l'on devoit connoistre [1],
J'escrivis à Bordeaux.

### Lisidor

C'est où l'on m'a veu naistre.

### Ludican

On receut mon pacquet & l'on me fit sçavoir
1630 Qu'on approuvoit mon choix, mais qu'on le vouloit
[voir.
J'en advertis soudain ma maistresse & son frere,
Leur desir s'accommode au souhait de mon pere, [117]
Chacun voit ses amis, chacun fait ses apprests,
Et nous nous embarquons fort peu de temps apres.
1635 Lors que nostre vaisseau partit de la Rochelle,
L'onde...

### Lisidor

C'est mon malheur !

---

1. C'est-à-dire que sa famille devait connaître. Rappelons que le jeune homme a quitté Bordeaux pour La Rochelle sans informer quiconque de son dessein (v. 1592).

## Lucidan

                              Ne fut jamais si belle.
Mais ce traitre élement dans peu [1] par son courroux
Nous apprit que la mer n'eut jamais rien de doux.
Nous estions à l'endroit où l'eau de la Garonne
1640 D'un cours precipité se descharge, s'entonne [2],
S'abysme & se rejoint avec les flots salez,
Quand les ondes & l'air contre nous rebellez,
Portans jusqu'aux enfers & jusqu'au Ciel leur rage,
Engagerent nos jours dans un triste nauffrage.
1645 Je vous tay nos soupirs, nos douleurs, nos regrets,
Nos transports apparents, & nos tourments secrets ;
Je vous tay tout cela, mais je ne vous puis taire
Que j'embrassay pour lors ma maitresse & son frere,
Et qu'au dixiesme flot tous trois, en un moment,
1650 Nous fusmes engloutis de [3] ce fier element.
Le choc impetueux des vagues mutinées,
Pour plus [4] nous faire encor plaindre nos destinees, [118]
Troublez que nous estions des horreurs du trespas,
Nous ayant affoiblis, nous fit lacher les bras ;

---

1. *Dans peu* signifie *peu de temps après* ; on peut comprendre aussi, dans ce contexte, *en peu de temps*.
2. « Entonner signifie (...) verser une liqueur dans un tonneau, dans un muid, dans un baril » (Furetière). On peut déduire de cette définition le sens de *s'entonner*, qui n'est pas mentionné par Furetière. La Garonne se précipite dans la mer, comme un liquide dans un tonneau.
3. Complément d'agent introduit par *de* au lieu de *par* : usage issu de l'ancien français, encore vivace au XVIIe siècle.
4. *Plus* pour *plus* : faute d'impression non signalée par Brosse. La correction par *sans*, possible elle aussi, nous paraît conférer au vers un tour plus moderne que notre *pour* qui, en permettant un renchérissement dans la désolation, s'accorde mieux avec la tonalité de l'ensemble du récit.

1655 La marine aussi-tost d'une mesme secousse
En cent lieux differents nous pousse & nous repousse,
Nous jette[1] tous vivans dans de profonds tombeaux,
Puis nous lance soudain sur des montagnes d'eaux.
Voila de mon malheur l'histoire veritable[2].

### Lisidor

1660 Mais c'est plustost du mien le recit lamentable !

### Clarimond

Vous parlerez tousjours !

### Lisidor

                  Clarimond, permettez...

### Clarimond

Observez vous ainsi ce que vous promettez ?
Ne vous souvient-il plus du serment d'Isabelle ?

### Lisidor

Je ne l'enfreindray plus, je me tairay pour elle.

### Clorise

1665 Monsieur, tant d'accidens arrivez à la fois
M'ont osté jusqu'icy l'usage de la voix.          [119]

---

1. *Nous jettent* : nous corrigeons.
2. Vers à rapprocher d'un vers situé à la fin du récit des malheurs de Cardénie dans *Dom Quixote de la Manche* de Guérin de Bouscal : « Voilà de mes malheurs la veritable histoire / Honteuse à mes parents, et fatale à ma gloire » (I, 1, v. 51-52 ; éd. cit., p. 29).

Quand vous les recitiez, mon cœur timide & tendre,
Saisi d'estonnement, trembloit de les entendre,
Et, ma langue sentant les mouvemens du cœur,
1670 J'ay creu, ne disant mot, dire assez ma douleur.

## Scene IV

### ARISTON, CLORISE, LUCIDAN
### CLARIMOND, LISIDOR

#### Ariston

Un jeune Cavalier demande avec instance
De vous entretenir d'un sujet d'importance.
Il attend mon retour dans cet appartement.

#### Clorise

Dy luy qu'il peut entrer [1].

#### Clarimond

Gardez vostre serment.

#### Lisidor

1675 Je m'en acquitteray, n'en soyez point en peine.

#### Clarimond

Quelque chose de beau remplira cette Scene.    [120]

---

1. Remarquons que ce passage dédouble exactement la scène 7
de l'acte IV : Ariston y annonçait à Clarimond l'arrivée d'un
Gentilhomme qui brûlait de lui parler ; dans les deux cas l'inconnu
est Isabelle déguisée en Cavalier. C'est le seul moment où la mise
en abyme est rigoureusement exacte : avant et après, les récits de
l'action enchâssée débordent largement l'action principale.

Lisidor

Madame vostre niéce y fait ce Cavalier.

Clarimond

Fort bien, vous en aurez ùn plaisir singulier.

## Scene V

### ISABELLE, CLORISE, LUCIDAN, CLARIMOND, LISIDOR

Isabelle

Madame,

Lisidor

Quel éclat sur son visage brille !

Isabelle

1680 Dessous ce vestement connoissez une fille
Que le sort abandonne à de si grands malheurs   [121]
Qu'elle ne peut tarir la source de ses pleurs [1].

Clorise

Consolez vous, Madame.

---

1. Il faut supposer qu'à cet endroit Isabelle, toujours travestie, ôte l'un de ses attributs masculins, ce qui provoque aussitôt la réaction conjointe des deux Lisidor (celle du Lisidor fictif précédant celle du Lisidor réel).

Lucidan

O prodige !

Lisidor

O merveille !

Lucidan

Mes  yeux  sont-ils  ouverts ?

Lisidor

Est-il  vray  que  je  veille ?

Clorise  *à Isabelle*

1685 Mon zele à vous servir est desja preparé,
Et vous avez ceans un azile assuré.

Lisidor

C'est Isabelle ! ô Dieux ! à ce coup, je m'emporte !

Clarimond *le retient*

Vous resvez !

Lisidor

En effet, mon Isabelle est morte.

Clarimond

Ne dites donc plus mot, vous nuisez aux Acteurs.

### Lucidan

1690 Mon oreille & mes yeux, vous estes des menteurs :
Ma maitresse est noyée, elle est... mais non, c'est elle !
Les Parques n'ont osé mal traitter ceste belle.
Ha ! Madame.

### Isabelle

Ha ! Monsieur.

### Lisidor

Qu'est-ce que j'apperçoy ?

### Lucidan

Est-ce vous que j'embrasse ?

### Isabelle

Est-ce vous que je voy ? [123]

### Lucidan

1695 N'en doutez nullement, c'est Lisidor luy-mesme.

### Lisidor

Il vous trompe ! Madame.

### Clarimond

Impatience extreme !
Monsieur, ne sçauriez vous vous commander un peu,
Et voulez vous tousjours les troubler dans leur jeu ?

Clorise

Instruisez moy d'où vient vostre prompte alegresse.

Lucidan

1700 La fortune à l'Amant a rendu la maitresse,
Et les Dieux satisfaits m'ont enfin renvoyé
Cet adorable objet que je croyois noyé.

Clorise

Que je sçache comment la colere de l'onde
Preste à vous abysmer vous a laissee au monde. [124]

Lisidor

1705 Je ne parleray plus, je suis trop interdit.

Lucidan

De peur de dire encor ce que j'ay desja dit,
Racontez seulement quelle heureuse fortune
A garanty vos jours des fureurs de Neptune,
Dites ce que la Mer vous a fait endurer
1710 Depuis l'horrible flot qui nous vint separer.

Isabelle

Au fort de ce desordre, & pendant ce grand trouble,
Tandis que dans mon cœur le desespoir redouble
Et que je me croy voir le butin de la mort,
Je suis heureusement remise dans le port :
1715 L'entre-heurt de deux flots me jettant sur le sable
Par l'impréveu secours d'un esquif favorable,
Mes jours sont affranchis du funeste danger

Où Neptune en courroux me venoit de plonger.
Ha ! Madame, en ce lieu, figurez vous vous-mesme
1720 Si mon affliction ne fut pas plus qu'extreme
Quand je me vy dessus le solide element
Et que je n'y vy plus de frere ny d'Amant !
Je laisse ma douleur à vostre conjecture,
Songez ce que je fis en cette conjoncture.
1725 Je reprens cependant le fil de mon discours :  [125]
Estant seule ma guide & seule mon secours,
L'esprit triste & troublé, le corps foible & malade,
Je suivy le chemin qui meine à la Tremblade,
Où, sans me declarer, faisant quelque sejour,
1730 J'appry que Lisidor voyoit encor le jour.
Mais, comme on en parloit avec incertitude,
Je voulus mettre fin à mon inquietude,
Et, pour mieux accomplir ce dessein proposé,
M'en aller à Bordeaux en habit deguisé[1] ;
1735 Mon hoste, que l'argent m'avoit rendu propice,
Sans s'informer de rien, embrassa mon service,
Et s'employant pour moy d'un soin particulier,
Me fit bien tost avoir l'habit d'un Cavalier.
Je déguisay mon sexe, & presque à l'heure mesme,
1740 Suivant les mouvemens de mon amour extreme,
Je me mis en campagne ; & pour plus aysément
Estre informée au vray du sort de mon amant,
Je vins selon la coste où la Mer orageuse
Borna presque mes jours d'une fin malheureuse[2].

---

1. Accord avec *habit*.
2. En confrontant ce récit avec ce que nous savons de Talmont
(voir p. 90 n. 1). on constate que la géographie de la pièce est
assez précise. Isabelle et Lisidor ont pu faire naufrage au large de la
pointe de la Coubre, qui marque l'extrémité nord de la Garonne

1745 Desja ce grand flambeau, dont les bruslans rayons
     Revestent de couleurs tout ce que nous voyons,
     Laissoit luire sa sœur dessus nostre Hemisphere,
     Et la clarté desja cedoit à son contraire,
     Lors que par un bon-heur que je n'esperois pas,
1750 J'appry de deux paysans qui marchoient sur mes pas [1]
     Qu'un certain gentilhomme à la fleur de son âge, [126]
     Selon le bruit commun resté seul d'un naufrage [2],
     Pour se remettre un peu des fatigues de l'eau,
     Estoit à Talemont, logé dans le Chasteau.
1755 Je ne sceu pas plustost ces heureuses nouvelles
     Qu'Amour & le devoir me donnerent des aisles,
     Et qu'un ardent desir d'arriver en ces lieux
     Me fit comme un éclair disparoistre à leurs yeux.
     Je cours à toute bride & picque sans relasche,
1760 Le vent de ma vitesse & s'estonne & se fâche,
     Il demeure derriere, & pour ainsi parler,
     Les pieds de mon cheval me servent à voler.
     Enfin j'arrive icy, sans poulx, non sans courage [3],

---

(au XVIIe siècle, Gironde est un terme local), là où elle « s'entonne »
dans la mer (cf. les vers 1639-1641). Si Isabelle a échoué sur les
sables de cette pointe, on doit considérer La Tremblade (v. 1728)
comme étant à l'époque le village un peu important le plus proche.
En se rendant à Bordeaux en suivant la côte (v. 1743), il était inévitable qu'elle rencontrât le village de Talmont ; aussi la rencontre
avec les deux paysans n'est-elle là que pour donner un tour plus
vivant au récit : en étant informée *avant Talemont* de la présence de
Lisidor dans le château, elle a toutes les raisons de se précipiter
(toute la fin de la tirade, depuis le vers 1755, est construite sur
cette précipitation).

   1. Il y a une synérèse dans *paysans* qui compte pour deux syllabes
(cf. v. 707).

   2. La leçon est *reste*, ce qui est impossible : mettre ce verbe à un
mode personnel revient à lui donner *un certain gentilhomme* pour
sujet et à laisser *estoit* (v. 1754) sans sujet.

   3. A partir de ce vers le passé du récit enchâssé rejoint le présent
de l'action enchâssante : les paroles d'Isabelle se situent encore

Le feu dedans le cœur & l'eau sur le visage,
1765 J'y rencontre celuy que je venois chercher,
Il me voit, il m'entend, & n'ose m'approcher,
Il soupçonne ses yeux d'erreur & de mensonge,
Tout esveillé qu'il est, il pense faire un songe,
Je m'avance, il demeure & froid à mes appas,
1770 Il voit son Isabelle, & ne l'aborde pas.

Lisidor

Ha ! Madame.

Isabelle

Ha ! Monsieur [1].

Lisidor

Mes delices !                    [127]

Isabelle

Ma joye !

Lisidor

Ne vous pouvant parler, souffrez que je vous voye.
Ha ! ma chere Isabelle.

----

sur le plan de la pièce intérieure, dans la mesure où elle transpose
l'action principale, mais, en fait, elles ressortissent déjà à celle-ci.
    1. Ces répliques reproduisent exactement les retrouvailles fictives
de Lucidan-Lisidor et d'Isabelle dans la pièce intérieure (v. 1693).
Le jeu de miroir s'est inversé ici : l'action principale, après avoir
été reflétée dans la petite comédie, se met à réfléchir le dénouement
de celle-ci.

Isabelle

Ha ! mon cher Lisidor.

Lisidor

Ma fortune, mon bien !

Isabelle

Mon unique tresor !

Lisidor

1775 Mon Soleil n'a donc pas achevé sa carriere :
Vous respirez le jour !

Isabelle

Vous voyez la lumiere !

Lisidor

Ouy j'ay dompté l'orage & je voy la clarté.    [128]

Isabelle

Mais dites moy comment vous l'avez surmonté.

Lisidor

Sans consumer le temps en des paroles vaines,
1780 Je ne doy mon salut qu'à ces rames humaines [1].

---

1. C'est-à-dire les bras.

Isabelle

Et je ne doy le mien qu'au celeste secours.

Clarimond

Vous nous l'avez appris par un ample discours.

Lisidor

Ainsi donc nous pouvons, sans trouble & sans envie
Gouster d'oresnavant les douceurs de la vie.

*(Isabelle soûpire)*

1785 Mais quoy ! vous souspirez, rare & charmant objet ?
Adorable beauté, dites m'en le sujet,
Que je sçache d'où vient cette douleur profonde.
Parlez.

Isabelle

C'est que mon frere est le butin de l'onde. [129]

Lisidor

Arbitres des humains, que vos arrests sont durs
1790 De ne donner jamais de plaisirs qui soient purs !

Clorise

Pourquoy vous affliger d'une mort incertaine ?
Le Ciel qui vous sauva l'a pû sauver sans peine ;
Il fait tout icy bas d'un pouvoir absolu.

Isabelle

Il est vray, mais je crains qu'il ne l'ait pas voulu.

Lucidan

1795 Comme il peut toute chose, il s'en faut tout promettre.


SCENE DERNIERE                    [130]

ARISTON, CLARIMOND, CLORISE,
LUCIDAN, ISABELLE, LISIDOR

Clarimond

Que me veut Ariston ?

Ariston

Presenter une lettre
Que l'on vient d'apporter.

Clarimond

Voyons en la teneur.

Clorise

Cet escrit me presage un insigne bon-heur.

Lettre

Eschappé des fureurs de l'onde
1800    Qui sembloient menacer mon sort
Du plus cruel genre de mort
Qui nous puisse oster de ce monde,             [131]
Par un bon-heur qui m'a surpris
J'ay depuis peu de temps confusément appris

1805 Que Lisidor avoit aussy vaincu l'orage.
    On dit qu'il est à Talemond,
Mais je veux sur ce point m'esclaircir davantage,
Et j'espere ce bien des soins de Clarimond [1].

Escrit dedans Bordeaux, Ergaste.


### Isabelle

C'est mon frere !
1810 O bien-heureux destin, ô fortune prospere !
Je reconnois icy tous les traits de sa main.
Changement merveilleux autant qu'il est soudain !


### Lisidor

Dieux, apres ces faveurs qui vont jusqu'à l'extréme,
Je me veux envers vous retracter d'un blasphéme :
1815 Vos arrests ne sont pas tousjours cruels & durs,
Et vous donnez parfois des plaisirs qui sont purs.


### Clarimond

C'est assez en ce lieu tesmoigner vostre joye :
Allons faire responce à l'escrit qu'on m'envoye.
Qu'à la pointe du jour parte le messager ;
1820 En affaires pressans rien n'est à negliger [2].

---

   1. Cette lettre versifiée reproduit la structure du poème « Amour, Autheur de toutes choses » de la scène 3 de l'acte IV (v. 1093-1102) : dix vers organisés en quatre rimes embrassées suivies de deux rimes plates, elles-mêmes suivies de quatre rimes croisées.
   2. La forme *pressans* s'explique par les hésitations des usagers du xviie siècle sur les propriétés respectives du participe présent et du gérondif. Comme l'explique Haase (*Syntaxe française du XVIIe siècle*, p. 209 sq.), « le participe, remplaçant le gérondif, se rapportait aussi à des noms féminins, mais on évitait, autant que possible, d'employer la terminaison féminine, de sorte que la dési-

Apres, tout à loisir disposans chaque chose,    [132]
Nous ferons le voyage où l'Hymen nous dispose.
Vos plaisirs à venir seront d'autant plus doux
Que le Ciel a versé d'amertume sur vous.
1825 Lucidan, esperez qu'une heureuse journée
Rendra comme la leur vostre amour couronnée.
Mais, de peur d'estre encor agitez sur les eaux.
On nous verra par terre arriver à Bordeaux.


Lisidor

Ma voix y publira l'adresse officieuse
1830 D'une amitié constante autant qu'ingenieuse
Qui, pour débarasser mes esprits embroüillez,
A fait dormir debout des *Hommes Esveillez* [1].


*Par permission de Monsieur le Lieutenant Civil, en datte
du unziesme d'Aoust 1646, signée Daubray, & Bonneau,
il est permis à la veufve Nicolas de Sercy d'imprimer la
Comedie,* Les Songes des hommes Esveillez.

---

nence *ans* est de beaucoup la plus fréquente. » Comme on le voit
dans ce vers, cette réserve devait pouvoir s'étendre aussi aux adjec-
tifs, pourvu qu'ils fussent encore perçus comme des participes.
En tout cas, le compte des syllabes (qui atteindraient le nombre de
treize s'il y avait *pressante*) nous confirme qu'il ne peut s'agir d'une
faute d'impression.

1. Comme *L'Illusion comique, Les Songes des hommes esveillez*
se terminent sur un ample remerciement adressé au personnage qui
a le pouvoir de « débrouiller » les esprits, Alcandre là, Clarimond ici,
dans les deux cas substitut scénique du poète dramatique :

Je vole vers Paris. Cependant, grand Alcandre,
Quelles graces icy ne vous dois je point rendre !

. . . . . . . . . . . . . . . . .
Un si rare bien fait ne se peut recognoistre ;
Mais, grand Mage, du moins croyez qu'à l'advenir
Mon ame en gardera l'eternel souvenir.

(*Illusion comique,* acte V, scène 6, v. 1817-1818 et 1822-1824).

# GLOSSAIRE

Abord : Approche, rencontre.

Accident : « Hasard, coup de fortune » (Furetière). Se prend en bonne ou en mauvaise part, mais le plus souvent en mauvaise part, selon l'Académie.

Alarme : « Se dit figurément de toutes sortes d'appréhensions bien ou mal fondées » (Furetière).

Appareil : « Ce qu'on prepare pour faire une chose plus ou moins solennelle » (Furetière).

Appas : « Au pluriel, se dit particulièrement en Poësie, et signifie charmes, attraits, ce qui plaist » (Académie).

Apprehender : 1) Craindre. 2) Prendre, saisir par l'esprit.

Apprest : « Ce qu'on prepare pour quelque ceremonie, rejouïssance, ou festin » (Furetière).

Artifice : « Adresse, industrie de faire les choses avec beaucoup de subtilité, de precaution. » (Furetière).

Auctoriser : « Signifie aussi Approuver » (Furetière).

Aucunement : « Il se dit aussi à l'Affirmative pour dire En quelque façon » (Furetière).

Autant vaut : On dit « Cela est fait, autant *vaut*, pour dire, qu'une chose est presque achevée » (Furetière).

Carriere : Course (« le terrain, l'estendue d'un champ où on peut pousser un cheval, jusqu'à ce que l'haleine lui manque » : Furetière).

Ceans : Ici dedans (où je suis).

Cependant : Pendant ce temps.

Charme : « Puissance magique par laquelle avec l'aide du Démon les Sorciers font des choses merveilleuses, au dessus des forces ou contre l'ordre de la nature » (Furetière). « Ce qui se fait par art magique pour produire un effet extraordinaire » (Académie).

Charmer : Mettre sous l'emprise d'une puissance magique.

Chauffer : « Chauffer les pieds à quelqu'un, signifie luy donner la question par le moyen du feu » (Furetière).

Choquer : « Signifie encore, Blesser légèrement. (...) Cet homme me desplaist, il me choque la veuë » (Furetière).

Communiquer (se) : S'ouvrir, se dévoiler, s'expliquer à quelqu'un.

Concevoir : Imaginer, comprendre.

Confondre : Mêler toutes choses en les renversant.

Conil ou connil : lapin.

Connoistre : « Signifie quelquefois, Découvrir, faire voir ce qu'on est » (Furetière).

Consentir : Reconnaître, approuver.

Contrariété : « Combat, opposition de deux choses contraires » (Furetière) ; contradiction.

Creance : Croyance.


Decevoir : « Tromper adroitement » (Furetière).

Decraissement (Decroissement) : Diminution.

Dedans peu : Bientôt.

Deferer : Donner, attribuer (quelque chose à quelqu'un).

Desplaisir : « Chagrin, tristesse que l'on conçoit d'une chose qui choque, qui deplaist » (Furetière).

Dessein : « Projet, entreprise, intention. (...) Dessein, est aussi la pensée qu'on a dans l'imagination de l'ordre, de la distribution & de la construction d'un tableau, d'un Poëme, d'un Livre, d'un bastiment » (Furetière).

Devant : Avant.

Devis : « Propos familiers dont on s'entretient ensemble quand on cause » (Furetière).

Dresser : « se dit figurément en Morale, & signifie, Instruire & disposer à faire quelque chose » (Furetière).

Dueil : « Douleur qu'on sent dans le cœur pour quelque perte ou accident, ou la mort de quelque personne chere » (Furetière).


Enchanterie : « Effet provenant d'une science magique » (Furetière).

Encore que : Quoique, bien que.

Enluminer : Rehausser de couleurs. « Se dit figurément en Morale. (...) On dit (...) qu'un visage est bien *enluminé*, lors qu'il est fort échauffé de colere, ou qu'il est rougi par le fard, ou par un long usage du vin bû excessivement » (Furetière).

Ennuy : « Facherie, chagrin, desplaisir, souci » (Academie).

Entendre : « Signifie aussi, Avoir l'intention, pretendre » (Furetière) ; plus simplement *vouloir*.

Entre : « Entre, signifie quelquefois, Parmi, au nombre » (Furetière).

Escrimer (s') de : « On dit aussi, qu'un homme sçait *s'escrimer* de quelque instrument, ou d'un art ou science, quand il sçait s'en servir passablement » (Furetière).

Esguiere (aiguiere) : « vaisseau rond, & quelquefois couvert, propre à servir de l'eau sur la table. Il faut que son corps soit cylindrique : car s'il est plus enflé en un endroit qu'en un autre, on l'appelle alors *pot à l'eau* » (Furetière).

Esprouver : Faire l'épreuve de ; « Experimenter, essayer la bonté d'une chose » (Furetière).

Estonnement : Emotion causée « à l'ame soit par surprise, soit par admiration, soit par crainte » (Furetière, article *Estonner*).

Evertuer (s') : « Prendre courage, s'efforcer de faire quelque chose » (Furetière).

Exprimer (s') : Être expressif.

Extravaguer : « Dire ou faire quelque chose mal à propos, indiscrètement & contre le bon sens, ou la suite du discours ou la bienséance » (Furetière).

Extravagant : « Fou, impertinent, qui dit & fait ce qu'il ne faudrait pas qu'il dist ni qu'il fist » (Furetière).


Faix : « Corps pesant qui porte sur quelque chose, & qui le charge » (Furetière).

Fard : « signifie figurément, toute sorte d'artifice dont on se sert pour déguiser une chose, & la faire paroistre autre & plus belle qu'elle n'est en effet » (Furetière).

Figurer : Représenter (le sens propre, faire des figures, se rencontre rarement, selon Furetière).

Flot : « Eau agitée par le vent, ou par quelque obstacle qu'elle trouve en son cours « (Furetière) ; vague.

Fraction : « Rupture, action par laquelle on rompt, on divise quelque chose » (Furetière) ; brisure.

Fumeux : « Qui jette des fumées, des vapeurs. (...) Les vins d'Orléans nouveaux sont nuisibles à la santé parce qu'ils sont trop fumeux » (Furetière).

Galande (Galante) : « On dit aussi au féminin, une femme *galante*, qui sçait vivre, qui sçait bien choisir & recevoir son monde » (Furetière).

Galanterie : « une réjouissance d'honnestes gens » (Furetière article *Galant*).

Genereux : « Qui a l'ame grande et noble, & qui prefere l'honneur à tout autre interest. (...) Signifie aussi, Brave, vaillant, courageux » (Furetière).

Genie : « se dit aussi du talent naturel, & de la disposition qu'on a à une chose plutost qu'à une autre » (Furetière).

Goujart (Goujat) : « Valet de soldat. Les *goujats* font plus de desordre que les maistres dans un village » (Furetière).

Heur : « Rencontre avantageuse. (...) L'*heur* en veut à ce joüeur, le jeu luy entre tel qu'il le desire » (Furetière). « Bonne fortune » (Académie).

Houppe : « Petit nœud ou assemblage de plusieurs brins de soye ou de laine qu'on met par ornement en plusieurs endroits. On fait des boutons, des glans à *houppes*, on met des houppes sur les bonnets carrez » (Furetière).

Idole : « se dit poëtiquement d'une vaine image, comme celles qui paraissent en songe » (Furetière).

Impourveu (à l') : « Avec surprise » (Furetière).

Improuver : « Condamner, desapprouver » (Furetière).

Indiscret : « Celuy qui agit par passion, sans considerer ce qu'il dit ni ce qu'il fait » (Furetière).

Indiscretion : « Imprudence, action d'estourdi » (Furetière).

Insigne : « Remarquable, excellent, qui se fait distinguer de ses semblables » (Furetière).

Interdire : « se dit aussi de ceux qui se troublent, qui s'estonnent, & qui ne sçauroient parler raisonnablement » (Furetière).

Languir : « Vivre en langueur, voir alterer de jour en jour sa santé, attendre la mort » (Furetière).

Lenitif : « Adjectif. C'est un remede qui est adoucissant et resolutif » (Furetière). Le Dictionnaire de l'Académie précise qu'il s'emploie substantivement.

Manie : « se dit aussi de l'emportement & desreglement de l'esprit » (Furetière).

Manquer : « signifie aussi, Faire quelque faute » (Furetière).

Marault (Maraud) : « Terme injurieux qui se dit des gueux, des coquins qui n'ont ni bien ni honneur » (Furetière).

Marine : La mer (adjectif rarement substantivé en ce sens).

Meconnaissance : « Ingratitude » (Furetière).

Meconter : « Se tromper en son calcul » (Furetière).

Mignard : « adjectif. Qui a une beauté délicate, qui a les traits doux & agreables » (Furetière).

Modestie : « Pudeur, retenuë » (Furetière).

Naiveté : « signifie aussi, ingenuité, simplicité » (Furetière).

Nœud : partie de l'intrigue « où les personnages sont les plus embarrassez » (Furetière) ; plus simplement (et plus rarement), intrigue.

Objet : « Se dit aussi poëtiquement des belles personnes qui donnent de l'amour » (Furetière).

Obliger : « Faire quelque faveur, civilité, courtoisie » (Furetière).

Pacquet : Courier.

Partager : Donner en partage, douer, servir.

Pas : « se dit aussi par extension d'un passage dangereux, estroit & fortifié » (Furetière).

Peiner (se) : se donner de la peine.

Pipeur : « Filou qui trompe au jeu, qui jouë de mauvaise foy » (Furetière).

Protester (que) : « signifie encore, Promettre, assûrer fortement quelque chose » (Furetière).

Rassoir (Rasseoir) (se) : se reposer, se calmer.

Recors : « Aide de Sergent, celuy qui l'assiste lorsqu'il va faire quelque exploit, ou execution » (Furetière).

Regard (au ou pour mon) : quant à, en ce qui concerne.

Rencontre : « substantif féminin » (Furetière), occasion, conjoncture.

Rencontrer : Faire des trouvailles spirituelles, dire de bons mots ; « faire une pointe » (Furetière).

Resver : 1) « Faire des songes extravagans » 2) « Se dit aussi de ceux qui en veillant font ou disent des extravagances » 3) « Signifie aussi, Estre distrait, entretenir ses pensées » 4) « Signifie aussi, Appliquer serieusement son esprit à raisonner sur quelque chose, à trouver quelque moyen, quelque invention » (Furetière).

Selon : En suivant.

Sergent : « Huissier, le plus bas Officier de Justice, qui sert à executer ses ordres » (Furetière).

Soin : « Se dit aussi des soucis, des inquietudes qui émeuvent, qui troublent l'ame » (Furetière).

Soudain : « Promptement, & sans perdre de temps » (Furetière).

Souplesse : « Adresse, finesse, matoiserie » (Furetière).

Succeder : « signifie aussi, Reüssir » (Furetière).

Suffisance : « se dit aussi en choses morales, de la capacité, du merite d'une personne » (Furetière).

Toilette : « se dit aussi des linges, des tapis de soye, ou d'autre estoffe, qu'on étend sur la table pour se deshabiller le soir, & s'habiller le matin. (...) Celle des hommes consiste en une trousse où il y a les peignes, les brosses, &c » (Furetière).

Traitable : « Qui a l'esprit doux & facile, qui entend volontiers raison, qui se porte à l'accomodement » (Furetière).

Transporter (et transport) : « se dit aussi des violentes agitations de l'esprit » (Furetière).

Traverser : « signifie figurément en Morale, Faire obstacle, opposition, apporter de l'empeschement » (Furetière).

Vertu : « signifie encore, Force, vigueur, tant du corps que de l'ame. (...) Ce magistrat a témoigné sa *vertu*, son courage, sa fermeté en cette occasion » (Furetière).

Vision : « est aussi une chimere, un spectre, une image que la peur ou la folie font naistre dans notre imagination » (Furetière).

Visionnaire : « Qui est sujet à des visions, à des extravagances, à de mauvais raisonnements » (Furetière).

Vœu : « signifie aussi, Souhait, priere, serment, suffrage » (Furetière).

# TABLE DES MATIÈRES

# SOCIÉTÉ DES TEXTES FRANÇAIS MODERNES
## (S.T.F.M.)

Fondée en 1905.
Association loi 1901 (J.O. 31 octobre 1931)
Siège social ; Institut de littérature française (Université de Paris-IV)
1, rue Victor-Cousin — 75005 PARIS

La Société des Textes Français Modernes (S.T.F.M.), fondée en 1905, a pour but de réimprimer des textes publiés depuis le XVIe siècle et d'imprimer des textes inédits appartenant à cette période.

Pour tous renseignements, et pour les demandes d'adhésion : s'adresser à la Secrétaire générale, Mme Yvonne Bellenger, Résidence Athénée, F. 91230 Montgeron.

*Demander le catalogue des titres disponibles et les conditions d'adhésion.*

LES PUBLICATIONS DE LA SOCIÉTÉ DES TEXTES FRANÇAIS MODERNES SONT EN VENTE A LA LIBRAIRIE NIZET.

# EXTRAIT DU CATALOGUE

## (janvier 1984)

## XVIe siècle.

*Poésie :*

4. HÉROËT, *Œuvres poétiques* (F. Gohin).
7-31. RONSARD, *Œuvres complètes* (P. Laumonier). 20 tomes.
32-39. DU BELLAY, *Deffence et illustration. Œuvres poétiques françaises* (H. Chamard). 8 vol.
43-46. D'AUBIGNÉ, *Les Tragiques* (Garnier et Plattard). 4 vol.
141. TYARD, *Œuvres poétiques complètes* (J. Lapp).
156-157. *La Polémique protestante contre Ronsard* (J. Pineaux). 2 vol.
158. BERTAUT, *Recueil de quelques vers amoureux* (L. Terreaux).
173-174. DU BARTAS, *La Sepmaine* (Y. Bellenger). 2 vol.
177. LA ROQUE, *Poésies* (G. Mathieu-Castellani).
179-180. DU BELLAY, *Œuvres latines* (éd. bilingue, Geneviève Demerson), 2 vol. à paraître 1984-1985.

*Prose :*

150. NICOLAS DE TROYES, *Le Grand Parangon des Nouvelles nouvelles* (K. Kasprzyk).
163. BOAISTUAU, *Histoires tragiques* (R. Carr).
171. DES PERIERS, *Nouvelles Récréations et joyeux devis* (K. Kasprzyk).
175. *Le Disciple de Pantagruel* (G. Demerson et C. Lauvergnat-Gagnière).

*Théâtre :*

42. DES MASURES, *Tragédies saintes* (C. Comte).
122. *Les Ramonneurs* (A. Gill).
125. TURNÈBE, *Les Contens* (N. Spector).
149. LA TAILLE, *Saül le furieux, La Famine...* (E. Forsyth).
161. LA TAILLE, *Les Corrivaus* (D. Drysdall).
172. GRÉVIN, *Comédies* (E. Lapeyre).

# XVIIᵉ siècle.

*Poésies :*

54. RACAN, *Les Bergeries* (L. Arnould).
74-76. SCARRON, *Poésies diverses* (M. Cauchie). 3 vol.
78. BOILEAU-DESPRÉAUX, *Epistres* (A. Cahen).
123. RÉGNIER, *Œuvres complètes* (G. Raibaud).
144-147 et 170. SAINT-AMANT, *Œuvres* (J. Bailbé et J. Lagny).
     5 vol.
151-152. VOITURE, *Poésies* (H. Lafay). 2 vol.
164-165. MALLEVILLE, *Œuvres poétiques* (R. Ortali). 2 vol.

*Prose :*

64-65. GUEZ DE BALZAC, *Les Premières Lettres* (H. Bibas et K. T. But-
     ler). 2 vol.
71-72. Abbé DE PURE, *La Pretieuse* (E. Magne). 2 vol.
80. FONTENELLE, *Histoire des oracles* (L. Maigron).
81-82. BAYLE, *Pensées diverses sur la comète* (A. Prat - P. Rétat).
     2 vol.
132. FONTENELLE, *Entretiens sur la pluralité des mondes* (A. Calame).
135-140. SAINT-ÉVREMOND, *Lettres* et *Œuvres en prose* (R. Ternois).
     6 vol.
142. FONTENELLE, *Nouveaux Dialogues des morts* (J. Dagen).
153-154. GUEZ DE BALZAC, *Les Entretiens* (1657) (B. Beugnot).
     2 vol.
155. PERROT D'ABLANCOURT, *Lettres et préfaces critiques* (R. Zuber).
169. CYRANO DE BERGERAC, *L'Autre Monde ou les Estats et Empires*
     *de la Lune* (M. Alcover).

*Théâtre :*

59. TRISTAN, *La Folie du Sage* (J. Madeleine).
73. CORNEILLE, *Le Cid* (M. Cauchie).
121. CORNEILLE, *L'Illusion comique* (R. Garapon).
126. CORNEILLE, *La Place royale* (J.-C. Brunon).
128. DESMARETS DE SAINT-SORLIN, *Les Visionnaires* (H. G. Hall).
143. SCARRON, *Dom Japhet d'Arménie* (R. Garapon).
160. CORNEILLE, *Andromède* (C. Delmas).
166. L'ESTOILE, *L'Intrigue des filous* (R. Guichemerre).
167-168. *La Querelle de l'École des Femmes* (G. Mongrédien). 2 vol.
176. SCARRON, *L'Héritier ridicule* (R. Guichemerre).
178. BROSSE, *Les Songes des hommes esveillez* (G. Forestier).

# XVIIIᵉ siècle.

131. DIDEROT, *Éléments de physiologie* (J. Mayer).
162. DUCLOS, *Les Confessions du Cᵗᵉ de N\*\*\** (L. Versini).

159. FLORIAN, *Nouvelles* (R. Godenne).
148. MABLY, *Des Droits et des devoirs du citoyen* (J.-L. Lecercle).
112. ROUSSEAU J.-J., *Les Rêveries du Promeneur solitaire* (J. Spink).
87-88. VOLTAIRE, *Lettres philosophiques* (G. Lanson, A. M. Rousseau). 2 vol.
89-90. VOLTAIRE, *Zadig* (G. Ascoli). 2 vol.
91. VOLTAIRE, *Candide* (A. Morize).

## XIXᵉ siècle.

94-95. SENANCOUR, *Rêveries sur la nature primitive de l'homme* (J. Merlant et G. Saintville). 2 vol.
124. BALZAC, *Le Colonel Chabert* (P. Citron).
119-120. CHATEAUBRIAND, *Vie de Rancé* (F. Letessier). 2 vol.
129-130. CHATEAUBRIAND, *Voyage en Amérique* (R. Switzer) 2 vol.
127. MAUPASSANT, *Notre Cœur* (P. Cogny).
110. *La Genèse de Lorenzaccio* (P. Dimoff).

## Collections complètes
## actuellement disponibles.

43-46. D'AUBIGNÉ, *Tragiques*, 4 vol.
32-39. DU BELLAY, *Deffence et illustration. Œuvres poétiques françaises.* 8 vol.
(En cours de publication : *Poésies latines*, 2 vol.).
7-31. RONSARD, *Œuvres complètes* (20 tomes).
144-147 et 170. SAINT-AMANT, *Œuvres*, 5 vol.
135-140. SAINT-ÉVREMOND, *Lettres* (2 vol.) et *Œuvres en prose*, (4 vol.).

## En réimpression.

TRISTAN, *Plaintes d'Acante* ; *La Marianne* ; *La Mort de Sénèque.*
Sortie prévue : fin 1984.

IMPRIMERIE F. PAILLART
ABBEVILLE

N° d'imp. : 5867
Dépôt légal : 3ᵉ trimestre 1984